www.b-books.co.kr

울트라 코리아
ULTRA KOREA

울트라 코리아 ULTRA KOREA

1판 1쇄 찍음 2021년 4월 6일
1판 1쇄 펴냄 2021년 4월 12일

지은이 | 정사부
펴낸이 | 정 필
펴낸곳 | (주)뿔미디어

편집장 | 문정흠
기획·편집 | 오복실

출판등록 | 2002년 9월 11일 (제1081-1-132호)
주소 | 경기도 부천시 원미구 소향로17, 303(두성프라자)
전화 | 032)651-6513 팩스 | 032)651-6094
E-mail | bbulmedia@hanmail.net
비북스 | http://b-books.co.kr

값 8,000원

ISBN 979-11-6565-933-2 04810
ISBN 979-11-6565-919-6 04810 (세트)

정사부 현대 판타지 장편 소설

3

울트라 코리아

ULTRA KOREA

BBULMEDIA FANTASY STORY

CoNTEnTs

1. 아버지의 고민

오랜만에 서초동 집에 왔다.

슬레인이 주식 투자를 통해 엄청난 돈을 벌었다.

하지만 자신의 육체를 만들기 위해서는 대리인이 필요했다.

주민등록이야 이미 정부 전산망에 침투하여 만들어 두었기에 상관없지만, 육체가 없다 보니 직접 외부의 일을 처리할 수가 없었다.

그러다 보니, 그 일을 현재 수호가 해 주고 있었다.

어떻게 보면 주인과 슬레이브의 역할이 바뀌었다고 할 수도 있지만 현재로서는 어쩔 도리가 없었다.

뿐만 아니라 현재 수호는 백수 상태였다.

아레스의 교관 일도 그만둔 상태고, 그렇다고 아버지의 회사에 들어간 것도 아니기 때문이었다.

사실 수호가 교관 일을 그만두고 집에 있게 되자, 아버지는 회사에 다니길 권유하셨다.

회사를 차리게 된 이유가 수호를 위해서였고, 또 회사를 시작함에 있어 아이템을 준 것도 수호였기에 명분도 있었다.

수호가 준 아이템은 확실하게 수호의 것으로 특허 등록을 하였기에 솔직히 일하지 않아도 그의 통장으로 따박따박 특허료가 지불되고 있는 중이다.

그럼에도 멀쩡한 아들이 집에서 백수처럼 빈둥빈둥하는 것이 보기에 안 좋아 이야기를 하게 되었다.

하지만 수호는 전혀 그럴 생각이 없었다.

그러던 차에 슬레인이 몇몇 회사를 인수하고 싶다고 하자, 수호는 얼른 이를 받아들였다.

그날 저녁 부모님과 식사를 마치고 티타임을 가질 때 수호는 독립을 선언했다.

하고 싶은 일이 생겼다는 말과 함께 슬레인과 짜 두었던 계획을 이야기해 드렸다.

그러자 처음에는 반대하던 부모님도 거듭된 설득에

어쩔 수 없이 승낙해 주셨다.

연거푸 사고를 당하면서 수호가 추락하는 것을 보았기에, 혹시나 자신들이 보지 못할 때 또다시 사고를 당하는 건 아닌지 걱정하였지만, 수호는 그런 부모님에게 자신의 건장함을 증명했다.

또한 조심하겠다는 말과, 최소 주중 1회 이상 찾아와 함께 식사하겠다는 약속을 드리면서 독립을 승낙 받았던 것이다.

"이모, 오랜만이에요."

하지만 약속과 다르게 일주일 만에 집에 온 수호는 자신을 맞이하는 최주연을 보며 인사하였다.

"사모님께는 못 해도 주중에 1회 이상 오겠다고 했다면서 어떻게 딱 일주일 있다가 오는 거야?"

가사 도우미인 최주연은 수호를 맞이하며 인사를 받고는 작게 타박하였다.

어려서부터 이모처럼 생각하며 지냈기에 그런 최주연의 타박에 수호는 빙그레 미소만 지었다.

"어떻게 해요. 어머니와 약속은 했지만, 저도 바빴는데요."

나이에 맞지 않게 짓궂은 표정을 하며 대답하였다.

"이모, 그런데 아버지께서 왜 절 보자고 하신지 아세요?"

요즘 슬레인이 필요하다는 회사를 인수하기 위해 동분서주하느라 정신이 없었다.

　　그뿐만 아니라 슬레인이 앞으로 계획한 회사들을 모두 인수하게 되면, 그동안 하던 주식 투자를 할 시간이 턱없이 부족해진다.

　　따라서 이를 전담할 인공지능을 만들겠다며 주문한 컴퓨터를 조립하는 일도 있기에 정말로 부모님 집에 올 시간이 부족했다.

　　그럼에도 아버지께서 급히 연락하시는 바람에 어쩔 수 없이 시간을 내 서초동에 온 것이다.

　　"나야 사장님이 무슨 일로 부르시는지 알 수가 있나?"

　　최주연은 고개를 흔들며 알지 못한다고 대답하였다.

　　"사장님께선 서재에 계시니 들어가 봐."

　　"네, 알겠어요."

　　"그런데 차는 무엇으로 가져갈까?"

　　서재로 발걸음을 옮기려던 때 최주연이 물었다.

　　수호는 막 아버지를 뵙기 위해 서재로 가려다 최주연의 물음에 잠시 생각하더니 대답하였다.

　　"홍차 두 잔만 가져다주세요."

　　아버지께서 홍차를 무지 좋아하는 것을 알기에 그렇게 주문하였다.

사실 수호는 홍차보다 커피를 더 좋아하지만, 오늘은 그냥 아버지와 같은 홍차를 마시기로 했다.

"응, 알았어. 금방 가져다줄게."

대답과 함께 최주연은 발걸음을 주방으로 향했고, 수호는 아버지가 기다리는 서재로 발걸음을 옮겼다.

똑똑!

서재 앞에 선 수호는 노크를 하였다.

— 들어와요.

회사에서는 어떨지 모르지만 집에서의 중현은 어느 누구에게도 반말을 하지 않았다.

끼익!

"아버지 저 왔어요."

자신이 온 것을 알린 수호는 서재 안으로 들어갔다.

"어, 왔냐? 앉아라."

"네."

수호는 아버지가 권하는 서재 한쪽에 놓인 의자를 가져다 앉았다.

예전과 다르게 이제는 거리감이 없어지다 보니 중현과 수호는 편하게 이야기하는 사이가 되었다.

"그런데 무슨 일로 부르셨어요? 혹시……."

회사 일이 잘 풀리지 않아 의논하기 위해 부른 것인가 하는 생각에 물었다.

"아, 회사 일이기는 하지만 문제가 있어서 부른 것은 아니고."

수호의 걱정스러운 물음에 중현은 그런 것이 아니라고 대답하였다.

"음, 네 큰아버지께서 대천에 있는 회사를 인수하라고 하는데, 넌 어떻게 생각하냐?"

중현이 진중한 표정으로 조심스럽게 물었다.

"대천의…… 회사요?"

대천의 회사라면 하나밖에 없었다.

집안이 보유한 회사 중 가장 시발점이 된 게 서울화학이었다.

수호의 증조부가 다니던 금형 공장을 인수하여 처음으로 서울화학이란 간판을 올리고 설립했던 회사다.

그러던 것이 수호의 할아버지 때에 이르러 시대를 잘 맞나 번창하였다.

사업이 불어나면서 수호의 할아버지는 사업을 다변화하였는데, 단순 금형 작업 외에 외국에서 캐릭터 상품권을 사와 장난감을 생산하는 것 외에도 애니메이션을 제작해, 방송에서 판매를 했다.

뿐만 아니라 한창 붐이 일었던 게임 사업에도 진출하여 성공을 거뒀다.

할아버지께서 성공을 거둔 사업은 오직 게임뿐만이

아니었다.

완구와 애니메이션, 그리고 건설에서도 성공 가도를 달렸다.

사실 대한민국에서 건설은 70년대 중동 건설 붐이 끝나고, 또 80년대 아시안게임과 올림픽이 끝난 후 사양 산업으로 접어들었다.

이는 건설 붐을 타고 너도나도 건설업에 뛰어들면서 벌어진 일이다.

적정 수준의 건설사가 있었다면 건설 붐이 꺼졌더라도 상관없었겠지만, 인간의 욕심은 끝이 없다고 지속적으로 설립을 하니 과잉공급이 발생하게 되었다.

그러다 보니 정부가 아무리 노력해도 거품처럼 부풀어 올랐던 건설업은 여기저기서 문제가 발생하며 건설사들이 하나둘 무너져 내렸다.

하지만 수호의 할아버지인 정창완 옹은 틈새시장을 노렸다.

작은 건설사를 인수해 서울과 가까우면서도 발달되지 않은 부평과 부천 등지에 작은 빌딩과 나 홀로 아파트를 건설하여 분양하였다.

대형 건설사처럼 큰 자금이 들어가는 대단위 아파트 단지나 대형 빌딩을 건설하는 것이 아니다 보니, 자금 압박도 없고 만들어지는 족족 팔려 나가며 사업이 발전하게 되었다.

그렇게 손대는 사업마다 성공하니 처음 가업의 기반이 되었던 화학은 점차적으로 손을 놓게 되었다.

그도 그럴 것이, 화학 회사는 어느 정도 규모가 되어야 성장을 하는데, 금형 공장이 원형이다 보니 한계가 있던 것이다.

이를 타파하기 위해 대천에 연구소까지 세워 돌파구를 마련하려 하였지만 이것도 인명 사고가 발생하고, 또 연구소 소장과 몇몇 연구원들이 퇴사하면서 거의 문을 닫을 지경에 이르렀다.

그러니 독립을 한 중현에게 제안이 들어갔던 것이다.

집안이 운영하는 완구 회사에 3년간 재료를 납품할 수 있는 권한을 줄 테니, 공장과 연구소를 인수해 가라는 것이었다.

중현이 처음 이런 제안을 받았을 땐 썩 마음에 들지 않았다.

하지만 독립을 함께한 둘째 형 정상현이 문제였다.

알맹이도 없는 서울화학을 인수하자고 주장하고 나섰다.

이는 전적으로 연구소 수석, 아니, 소장이 퇴사하였기에 소장이나 마찬가지인 아들, 준호 때문이었다.

중현은 자신이 독립하면 아들 준호는 무사할 것으로

생각했는데, 설마 형이 연구소와 서울화학을 모두 처분할 줄은 예상치 못했다.

그 때문에 회사가 설립되고 처음으로 둘째 형과 다퉜다. 아무런 메리트가 없는 제안을 조카 때문에 떠안아야 하는 문제 때문에.

그러니 골치가 아파 수호를 불러 의논을 하려는 것이다.

이야기를 모두 들은 수호는 잠시 생각해 보았다.

그가 알고 있는 서울화학은 빛 좋은 개살구로, 그럴듯해 보이기만 할 뿐 사실은 먹을 것 없는 그저 그런 회사였다.

'정말 계륵이네…….'

이득도 거의 없고, 버리자니 전문 경영인으로 위촉한 둘째 큰아버지와 아버지의 관계가 틀어질 게 불 보듯 뻔했다.

그러니 두 분의 관계를 생각하면 어떻게든 수용해야 했다.

'흠…….'

아무 말 없이 한참을 고민해 봐도 뭔가 특별하게 떠오르는 해결 방안이 없었다.

[주인님.]

수호가 고민하고 있을 때, 슬레인이 그를 불렀다.

'왜? 무슨 일이지?'

[인수를 하시지요.]

슬레인이 수호에게 서울화학을 인수하자고 제안하였다.

하지만 무슨 생각으로 얻을 것이 없는 서울화학을 인수하자고 하는 것인지 알 수가 없는 수호로서는 쉽게 결정할 수가 없었다.

'무엇 때문에?'

의문이 생긴 수호는 물어보지 않을 수 없었다.

[화학은 쓰이는 분야가 많습니다. 현재 SH화학은 규모가 작아 계약된 업체에 납품을 하는 것도 빠듯해 사업 확장이 어렵습니다. 그러니……]

그랬다. 수호가 전해 준 화학식을 토대로 화약을 담는 주머니를 생산하고 있는 SH화학은 국내 화약을 만들어 군에 납품하는 (주)화산이나 한국 화약 주식회사에 물량을 대는 것만으로도 빠듯한 상황이었다.

그 때문에 사업은 성공적으로 자리를 잡았지만 더 이상 발전하지 못하고 있었다.

그러니 공장을 늘리고 여유를 찾아야만 했다.

이러한 것을 슬레인이 지적하며 비록 큰 메리트는 없지만, 이제 사업을 시작한 지 얼마 되지 않는 SH화학에 서울화학은 가뭄 속의 단비라 할 수 있었다.

더욱이 서울화학에는 숙련된 기능공들이 많았다.

비록 50인 미만의 작은 회사이기는 하나, 그 안에 있는 구성원들 중 사무직을 빼고는 모두 최하 5년 이상의 베테랑들이었다.

또한 SH화학에 있는 사람들도 알고 보면 몇 사람을 빼면 전부 서울화학 출신이었다.

그러니 합병하더라도 별다른 잡음이 발생하지 않을 것이라 이것 또한 회사 입장에선 좋은 일이었다.

이야기를 듣던 수호도 고개를 끄덕였다.

자신도 별로 좋을 것 없다 여겼는데, 슬레인의 이야기를 듣고 나니 너무 편협한 생각을 한 것 같았다.

더욱이 슬레인은 자신이 들어갈 육체를 만들 때, 금속만이 아닌 다양한 플라스틱 재질도 필요하였기에 그것을 만들기 위해 따로 회사를 차리기보단 이게 좋다는 생각이 들어 수호에게 이야기를 한 것이다.

'그럼 네가 다른 것도 연구하겠다는 것이지?'

슬레인의 이야기를 들은 수호는 눈을 반짝이며 물었다.

만약 슬레인이 자신에게 필요한 플라스틱 제품을 연구하다 보면 전에 주었던 화학식과 같은 신물질을 다수 만들어 낼 터였다.

[물론이지요. 그것이 주인님이 원하시는 일이라면 말입니다.]

그것을 상품화할 수 있다면 아버지의 회사도 더욱 성

장할 것이 분명했다.

이런 생각을 하게 된 수호는 슬레인에게 확답을 듣고는 아버지에게 말하였다.

"아버지, 이참에 회사를 확장하는 것도 좋을 것 같습니다."

"확장?"

수호의 말에 중현은 잠시 그 말을 곱씹어 보았다.

회사의 확장이라…….

그건 사업을 하는 사람의 입장에선 무척 바라는 일이었다.

하지만 SH화학은 설립된 지 이제 반년도 되지 않았다.

그런데 사업을 확장을 한다라.

쉽게 판단을 내리기 힘든 결정이었다.

그렇지만 나쁜 의견은 아니었다.

그렇기에 중현은 고민하지 않을 수 없었다.

[주인님, 주인님께서 투자하시겠다고 하십시오.]

'투자라니?'

[주인님의 아버님께서 망설이시는 것이, 아무래도 가용할 수 있는 자금이 부족하기 때문인 것으로 판단됩니다.]

그랬다. 현재 중현이 망설이는 것은 회사에서 운용할 자금이 빠듯했기 때문이다.

아무리 큰형이 제안을 했다고는 하지만 회사 하나를 인수하는 것은 적은 돈이 들어가는 게 아니다.

그것이 SH화학 입장에서 계륵과 같은 서울화학이라고 해도 말이다.

보는 시각에 따라 회사의 가치가 다르기 때문이다.

슬레인의 이야기를 들은 수호도 고개를 끄덕였다.

"아버지, 인수 자금이 부족하면 제가 투자를 하겠습니다."

"뭐? 네가 무슨 돈이 있어서?"

아들의 말에 중현이 놀라 물었다.

"제가 주식 투자를 하고 있는 것은 아시지요?"

수호는 아버지에게 자신이 주식 투자를 한 것에 대해 이야기했다.

물론, 주식 투자는 슬레인이 했지만, 겉으로 드러난 것은 전부 수호의 이름이기에 그렇게 설명하였다.

"주식 투자로 상당한 이득을 보았으니, 이젠 투자할 수 있을 것 같아요."

주식으로 번 것을 어느 정도는 회사에 투자할 수 있다는 소리에 중현은 깜짝 놀랐다.

"아니, 언제 그런……."

아들을 위해 특허나 회사에서 벌어들이는 특허료를 따로 챙기고 있었는데, 아들은 자신이 생각한 것 이상의 부자가 되어 있었다.

주식 전문가라도 돈을 버는 것은 운에 맡겨야 하는 경우가 많다.

누구는 치밀한 계산 하에 성장할 수 있는 종목을 고른다고 하는데, 회사 관계자가 아닌 이상 그 회사가 어떻게 성공할지 알겠는가?

그러니 그건 전적으로 운이라 할 수 있었다.

그런데 자신의 아들은 어떤 대단한 운을 타고났기에 불과 몇 달 만에 이렇게 엄청난 성공을 거둘 수 있었는지 참으로 미스터리였다.

그래도 불법이 아닌 단기 주식 매매로 이 정도의 큰 돈을 벌었다는 것에 놀라면서 인정하지 않을 수가 없었다.

"그래? 그럼 어느 정도까지 투자할 수 있는 것이냐?"

중현은 수호가 어느 정도까지 해 줄 수 있는지를 물었다.

[현재 가용할 수 있는 자금은 300억입니다. 하지만 서울화학을 인수하고 합병하는 데 들어가는 돈은 80억 원이면 충분할 것입니다.]

'그래, 알았어.'

슬레인에게 필요한 자금의 규모를 듣게 된 수호는 조금 더 여유를 두어 대답하였다.

"100억까지는 투자할 수 있을 것 같아요."

'헉!'

중현은 아들의 말을 듣고 깜짝 놀랐다.

말이 100억이지 그건 결코 적은 금액이 아니다.

"그게 정말이냐? 네게 그런 정도의 돈이 있다는 것이?"

도저히 믿기지 않는 이야기였기에 중현은 아들의 말이라도 확인하지 않을 수 없었다.

"물론이죠. 내일 아침에 회사 계좌로 보내 드릴게요."

수호는 자신의 말을 쉽게 믿지 못하시는 아버지의 모습을 보며 그렇게 대답하였다.

"허허."

자신감 넘치는 수호의 대답에 중현은 자신도 모르게 허탈한 웃음소리를 냈다.

*   *   *

부모님 집에서 돌아와 씻고 거실로 나왔다.

"슬레인."

부모님으로부터 독립하여 좀 더 자유롭다 보니, 수호는 가벼운 차림으로 원두커피 한 잔을 내려 여유롭게 슬레인을 호출했다.

징!

그러자 작은 기계음과 함께 50대 중반의 사내가 나타났다.

[부르셨습니까? 주인님.]

느닷없이 나타난 중년인은, 실제 사람이 아닌 슬레인이 만들어 낸 홀로그램이었다.

슬레인이 이런 50대 모습을 하고 나온 것은 사실 영화의 영향이 컸다.

주인을 보조하는 슬레이브로서 슬레인은 수호를 위해 많은 것을 연구하였다.

그러던 중 육체가 필요하다는 생각에 그 자금 충당을 위해 주식을 시작했다.

뿐만 아니라 어느 정도 자금이 불어나자 이와 관련된 논문과 기업들이 개발하고 있는 로봇에 대해서도 알아보았다.

아무리 슬레이브인 자신이 현대 지구의 인공지능을 초월한 초지능을 가지고 있다고는 하지만, 혼자서 주식 투자와 필요한 관련 학문을 연구하고 또 부족한 기술을 발전시켜 자신이 원하는 정도의 육체를 가지는 것은 요원했다.

그래서 생각해 낸 것이 분신을 만들어 하나씩 연구하게 하는 것이었다.

그 첫 번째로, 수호에게 부탁하여 자신을 모방한 인공지능 컴퓨터를 제작하였다.

물론, 외계 문명의 정수로 만들어진 슬레이브인 본체에는 못 미치지만, 그래도 현존하는 지구상 그 어떤 컴퓨터에 뒤지지 않는 인공지능을 가지고 있었다.

이는 전적으로 슬레인 자신을 카피하여 만든 것이기 때문에 가능했다.

그렇게 뛰어난 인공지능 컴퓨터를 설계한 슬레인은 세계 각지의 유수 소프트 회사와 컴퓨터 부품을 만드는 회사에 필요한 부품들을 의뢰했고, 그것들을 수령하여 조립하였다.

물론, 조립은 손발이 있는 수호가 담당하였다.

수호도 자신을 돕기 위해 노력하고 있는 슬레인을 보며 돕지 않을 수가 없었다.

아무튼 그렇게 여러 대의 인공지능 컴퓨터를 만든 뒤 슬레인은 그것과 조금 다른 것도 만들었는데, 그것이 인공지능 로봇이었다.

아니, 로봇 선반이라 하는 것이 정확한 표현일 것이다.

로봇 선반은 슬레인이 준 설계도를 그대로 3D 프린터를 이용해 부속을 만들고 조립하였다.

그렇게 탄생한 것이 바로 하이퍼 X—2 슈퍼바이크다.

수호가 타는 하이퍼 X—2는 사실 기본형을 주문하여 이곳 지하에서 슬레인이 개조했던 것이다.

겉으로 봐서는 시중에 판매되고 있는 제품과 다른 점이 하나도 없지만, 실제 성능은 훨씬 뛰어났다.

원래의 하이퍼 X—2는 무게를 낮추기 위해 항공기에 들어가는 신소재를 사용하여 엄청난 성능을 가지고 있다고 하지만, 그러다 보니 충격에 약했다.

하지만 슬레인이 개조한 수호의 하이퍼 X—2의 경우, 가벼우면서도 다이아몬드 코팅 기술을 덧입혀 방어력이 향상되었다.

뿐만 아니라 전기 모터까지 더욱 업그레이드하였기에 실제 성능은 원형 하이퍼 X—2의 20% 정도 더 성능이 뛰어났다.

이렇게 슬레인은 이곳에서 자신이 필요한 신체를 만들기 위해 하나둘 기술을 축적해 가고 있는 중이다.

이 홀로그램도 그런 연구 과정 중에 나온 산물이었다.

자세히 보지 않으면 이게 홀로그램인지 알 수 없을 정도로 정교하게 프로그램화되어 있어 독립한 수호도 심심하지 않았다.

그리고 슬레인은 자신의 육체가 완성될 때까지 이 집에서 만큼은 이런 모습으로 지낼 생각이었다.

또한 슬레인이 이런 50대의 모습을 하게 된 것은 전적으로 미국의 코믹스, 다크 나이트에 나오는 집사의 영향 때문이었다.

다크 나이트의 집사는 슬레인이 추구하는 이상의 모습 그대로였다.

주인을 위해 충실하고, 주인이 정의를 실현하는데 첨단 장비들을 조달하며 보조하고 있었기에 현재 자신이 추구해야 하는 궁극의 모습이었다.

그러니 이를 따라 하기로 정했던 것이다.

그런 결심을 한 뒤로 슬레인은 홀로그램이 완성되자 그때부터 이 모습을 유지하고 있었다.

물론, 수호에게 홀로그램은 무엇이든 상관없었다.

예쁜 미녀의 모습도 괜찮았고, 귀여운 아기 천사의 모습이라도 수호에게는 아무런 감흥이 없었기 때문이다.

그러니 슬레인이 마음에 들어 하는 50대 중년의 집사라도 무방했다.

"100억 원이나 아버지에게 투자해도 상관이 없나?"

아까 부모님 집에서 아버지와 이야기할 때 슬레인이 그에게 했던 이야기를 물어보는 것이다.

[예, 아까 말씀드린 것처럼, 주인님이 필요할 때 사용할 수 있게 준비해 둔 것이기에 전혀 상관이 없습니다.]

슬레인은 확실하게 대답하였다.

"네가 필요로 하는 기업들을 인수하려면 돈이 많이 들어갈 텐데?"

수호가 미간을 살짝 찌푸리며 물었다.

슬레인이 원하는 신체를 만들기 위해선 많은 첨단 기술들을 필요로 하였다.

로봇 공학에서 다족 보행을 하는 로봇에 비해, 인간처럼 두 발로 걸어 다니는 이족 보행 로봇 기술은 상대적으로 고차원의 기술을 요한다.

뿐만 아니라 무엇보다 에너지 공급 라인이 독립적이어야 한다.

거기에 배터리는 강력하면서도 크기가 작아야 했다.

또 겉으로 봐도 전혀 위화감이 없어야만 했는데, 사실 다른 것은 과학 기술이 발달하면서 극복할 수 있지만 마지막으로 인간이 봤을 때 위화감이 없어야 한다는 것에서 막힌다.

지금까지 수많은 로봇 관련 연구소들이 인간과 똑같은 로봇을 만들기 위해 노력했지만 여기서 막혔다.

아무리 외형을 꾸미고 실리콘으로 인조 피부를 만들고 가발을 씌워 보아도 사람들은 그것에 거부감을 느꼈다.

인간과 비슷한 것에는 인형이나 마네킹이 있는데, 사

람들은 인형이나 마네킹이 너무 인간과 흡사하게 생기면 그것에 거부감을 느끼게 되고, 더 나아가 혐오감까지 느끼게 된다.

이런 것을 극복하지 못한다면 슬레인의 바람은 수포로 돌아갈 수도 있었다.

그러니 슬레인의 소원이 이루어지려면 현재 알려진 기술보다 훨씬 진보된 기술이 필요하다.

그러기 위해선 지금보다 더 많은 연구비가 필요하다는 소리나 마찬가지다.

이런 것을 알기에 수호는 질문을 하는데 조심스러웠다.

아무리 슬레인이 자신을 위해 봉사하는 귀속된 슬레이브라 하지만, 수호는 단순한 물건이 아닌 가족으로 보고 있었다.

물론, 수호는 슬레인이 외계인이 만든 인공지능임을 잘 알고 있었다.

그렇지만 몇 달 함께 생활한 수호는 슬레인이 단순한 인공지능이 아닌 감정을 느끼고 스스로 발전을 위해 노력하는 존재임도 알게 되었다.

그러한 존재는 절대로 기계라고 폄하할 수 없다고 수호는 판단했다.

스스로 깨닫고 노력하는 존재는 인간과 다를 바가 없

다고 보았기 때문이다.

그러니 하루라도 빨리 슬레인이 자신이 원하는 것을 이루었으면 하는 바람을 가지고 있었다.

[분명 맞는 말씀입니다. 하지만 그것은 오랜 시간 연구를 해야 하는 것입니다. 마라톤처럼 말입니다.]

슬레인은 지금 자신의 주인인 수호가 무엇 때문에 그런 질문을 하는지 깨닫고 그에 맞는 대답을 하였다.

자신이 육체를 가지고 싶은 것은 전적으로 주인인 수호를 직접적으로 돕기 위해서다.

물론, 현 상태로도 수호가 필요로 하는 것들을 지원해 줄 순 있었다.

하지만 좀 더 많은 것을 보조할 수 있기에 육체를 가지려는 것이다.

[지금 이 시간에도 슬레이브 01과 02는 열심히 돈을 벌고 있습니다.]

슬레인은 자신이 설계한 인공지능 컴퓨터를 언급하였다.

이 두 인공지능 컴퓨터는 슬레인이 주식 투자만을 위해 설계한 것으로, 이중 슬레이브 01은 한국과 일본, 그리고 홍콩의 주식 시장을 총괄하고 있으며, 슬레이브 02는 미국과 유럽의 주식을 담당하고 있었다.

두 인공지능은 주식과 선물 옵션은 물론이고, 금은과 같은 귀금속과 석유와 철 같은 원자재의 거래도 취급하였다.

이는 슬레인이 자신의 육체를 만드는 데 드는 돈뿐만 아니라 재료를 연구하는 데 전적으로 필요하기 때문이었다.

그 과정에서 필요한 기업들이 있으면 주식을 토대로 인수와 합병을 위해 슈퍼컴퓨터를 능가하는 인공지능 컴퓨터가 두 대나 사용되었다.

"참, 그렇지……."

종종 수호는 그런 것을 잊을 때가 있었지만, 슬레인은 절대 허술하지 않았다.

외계인의 기술로 초인이 되어 슬레인에 못지않은 지능을 가지고 있는 수호였지만, 인간의 한계 때문인지 가끔 중요하지 않다고 느끼는 사소한 것들은 잊어버릴 때가 있었다.

하지만 슬레인은 무척 자잘한 것도 잊어버리지 않았다.

아마도 그것은 인간인 수호와 인공 생명체인 슬레인의 차이인 듯싶었다.

"그럼, 그건 넘어가기로 하고."

수호는 말하다 말고 잠시 뭔가를 생각하더니 다시 말을 이었다.

"러시아의 움직임은 어때?"

그러다 뜬금없이 수호는 러시아를 언급했다.

수호와 러시아는 그리 접점이 없었는데, 무엇 때문인지 심각한 표정이 되어 물었다.

[약간의 소동이 있기는 했지만 그들은 의뢰자가 사라진 것을 확인하고 더 이상 움직이지 않고 있습니다.]

수호가 물어본 것은, 사실 한 달 전 우연히 엮이게 된 속초시의 깡패 조직이 청부한 살인 청부 이야기였다.

자신의 일에 방해를 받았다 느낀 속초시의 한 조직이 수호를 상대로 살인 청부를 러시아 조직에 의뢰하였다.

그 때문에 러시아 살인 청부 조직은 한국으로 청부업자를 보냈다.

하지만 수호는 청부업자가 본격적으로 움직이기도 전에 먼저 낌새를 느끼고 살인 청부 조직에 의뢰를 한 창호파를 몰살시켜 버렸다.

그리고 그것을 러시아 청부 조직에서 파견한 청부업자에게 전화를 걸어 의뢰자가 모두 사라졌다는 연락을 넣었다.

처음 그런 연락을 받았을 때 청부업자는 깜짝 놀랐다.

이미 자신의 정체를 타깃인 수호가 알고 있다는 것에 놀랐고, 또 자신이 속한 조직에 의뢰했던 걸 혼자서 다 처리했다는 것에 또 한 번 놀랐다.

이 때문에 암살자로 한국에 들어왔던 안톤은 급히 이 소식을 러시아에 있는 조직에 연락하였다.

그는 알지 못했지만 조직에 연락하는 것을 수호는 슬레인을 통해 모두 듣고 있었다.

이미 자신을 암살하기 위해 한국에 들어온 안톤의 존재를 파악하고 있던 슬레인이기에 중간에서 감청하는 것은 식은 죽 먹는 것보다 쉬웠다.

그렇게 의뢰인이 사라진 청부이기에 청부 조직은 의뢰를 무효 처리하고 파견을 보냈던 안톤을 러시아로 불러들였다.

어차피 의뢰를 수행한다 해도 돈이 들어오는 것도 아니기에 그냥 계약금만 받고 의뢰를 포기했던 것이다.

원칙적으로 의뢰를 포기하게 되면 세 배를 물어 줘야 하는 것이 맞지만, 의뢰를 한 장본인이 사라진 사건이기에 이건 어쩔 도리가 없었다.

조직의 입장에서는 전혀 나쁠 것 없는 일이었다.

마지막 임무를 가지고 파견을 나간 안톤에게는 안된 일이지만 그렇게 마지막 임무는 무효가 되었다.

이 때문에 안톤이 독자적인 움직임을 보일 수도 있었기에 수호는 혹시나 모르는 경우의 수가 있을 수도 있어 감시를 하였다.

그런데 생각보다 안톤이나 청부 조직은 이번 일에 별

다른 의미를 두지 않는 것 같았다.

아니, 어쩌면 수호의 능력이 너무도 뛰어나다 판단을 한 것일 수도 있지만, 어찌 되었든 그 뒤로 안톤이나 청부 조직은 깨끗하게 수호와 관련된 일에서 손을 뗐다.

[안톤과 청부 조직, 모두 주인님과 관련된 일에서 손을 뗀 것 같습니다.]

"그럼 창호파와 연관이 있던 속초 시장이나 시의원들은 어떻게 하고 있어?"

청부 조직의 소식을 들은 수호가 이번에는 창호파와 손잡고 속초시에 카지노 사업을 준비하던 시장과 시의원들을 언급했다.

자신들과 손잡고 사업을 하던 부분 중 한 축을 담당하던 조직이 감쪽같이 사라졌는데, 뭔가 움직임이 있지 않을까 생각했던 것이다.

[그들은 창호파가 보이지 않자 며칠간은 당황한 듯 보였지만, 속초시의 다른 조직을 끌어들여 다시 사업을 추진하고 있습니다.]

"그래? 혹시 창호파를 찾지는 않고?"

수호는 의외라는 표정을 지으며 다시 한번 물었다.

[그렇지 않습니다. 그동안 자신들의 손발이 되어 주던 창호파가 사라진 것에 처음에는 비슷한 모습을 보였지만, 일주일이 지난 뒤에도 그들의 흔적이 보이지 않자 바로 장대원이란 자와 주철한이란 자를 불러들여 뒤를

맡겼습니다.]

"하긴……."

수호가 생각하기에 창호파가 속초시를 장악했다 하지만 그들이 사라진 자리에 그들을 대체할 존재는 널려 있었다.

다들 고만고만한 조직이기는 했지만 속초시에 남은 조직은 그 둘뿐이니 충분히 창호파가 사라진 자리를 채워 줄 수는 있을 것이다.

"그럼, 나와 관련된 것은 모두 사라진 것이네?"

슬레인의 설명을 들은 수호는 고개를 끄덕이며 물었다.

[완벽합니다. 창호파의 시신도 1.5미터 이상 깊이 묻고 그 위에 바위를 얹어 놓았으니 발견될 위험도 없습니다.]

그랬다.

창호파와 수호가 얽힌 일을 알고 있는 사람이라고는 한빛 엔터의 몇 명뿐이었다.

그들이 창호파가 사라진 것에 신경이라도 쓸 일은 아마 죽었다 깨어나도 없을 것이다.

또한 러시아의 살인 청부 조직이 일부러 발설할 일도 없을 것이니, 수호와 창호파의 일은 이렇게 묻히게 되었다.

"그럼, 그 문제도 끝났고……."

뭔가 고민을 하던 수호가 슬레인에게 물었다.

"아버지 회사가 확장하게 되면 뭔가 새로운 아이템이 더 있어야 할 것 같은데, 어떤 것이 좋을까?"

기존 회사와 서울화학이 합병하게 되면 회사 규모는 더욱 커질 것이다.

기존 회사는 자동화 시스템이 갖춰져 사무직 직원과 공장의 생산직 직원의 숫자가 50명 정도에 지나지 않는다.

하지만 서울화학의 경우 자동화가 된 부분이 한정되어 있다 보니 생산직 직원의 숫자가 생각보다 더 많았다.

그 때문에 합병을 하게 되면 공장의 시설 개선은 물론이고, 잉여 인력을 돌리기 위해 새로운 일거리가 있어야 했다.

수호는 이것을 언급했던 것이다.

[그렇다면 방탄 코팅제가 어떻겠습니까?]

"방탄 코팅제?"

[예. 주인님이 타고 다니시는 하이퍼 X-2의 표면에 바른 그것 말입니다.]

"아! 그거?"

슬레인의 대답에 수호는 감탄을 하였다.

이것은 전에 슬레인이 적어 준 화학식보다 범용성이

더욱 넓은 제품이었다.

　방탄이라 해서 굳이 군에서만 사용하는 것이 아닌 민간에서도 충분히 판매 가능한 것이었다.

2. 신제품

아버지와 이야기를 하고 집으로 돌아온 것도 열흘이
지났다.

수호는 오전 10시가 되자 외출을 하기 위해 옷을 갈
아입었다.

그의 일과는 외부 스케줄이 없을 때는 하루 종일 관
심이 가는 분야의 연구에 몰두하였다.

수호가 요즘 관심을 갖는 건 바로 밀리터리였다.

군인 출신, 그것도 특수부대 출신이다 보니 그 끝은
별로 좋지 못했지만 수호도 어쩔 수가 없었다.

그가 나고 자란 대한민국이란 나라는 조상님이 위치

선택을 참으로 잘못한 나라다.

아니, 나라를 건국하는 위치로는 이보다 좋은 나라가 없다.

땅은 비옥하고 산과 들, 그리고 강이 조화로웠으며 기후 또한 사계절이 뚜렷하여 열심히 노력만 하면 굶어 죽지 않는, 축복받은 땅이다.

하지만 그 주변에 자리를 잡은 나라나 민족은 문제가 많았다.

서쪽으로는 욕심 많고 철면피한 뻔뻔한 나라가 자리를 잡고 있으며, 동남쪽에는 흉포하고 잔인하며 본인의 잘못을 남 탓하는 흉학하고 거짓된 나라가 자리하여 건국 이래로 현대까지 고난을 겪고 있다.

그런데 설상가상으로 시대가 변하면서 대한민국의 주변에는 이런 흉포하고 뻔뻔한 나라뿐만 아니라 어려운 시절 손을 내밀어 주었던 나라가 있었다.

그렇지만 이들은 자신들의 이념을 한민족에게 심으며 그 민족을 둘로 나눠 버렸다.

그리고 둘로 나뉜 민족은 총칼로 서로에게 상처를 입혔다.

그 뒤로 서로에게 상처를 준 한민족은 두 개의 나라로 분열되어 지금까지 서로에게 총칼을 겨누며 대립하고 있다.

이런 것이 주변 국가들에게 큰 이득이 됨을 알면서도 한민족은 어쩔 도리가 없었다.

서로에게 너무도 큰 상처를 주었기 때문이다.

그런 과정 속에서 수호는 자신이 난 대한민국에서 투철하게 국가를 위해 싸웠다.

그러면서도 주변국의 정치적 논리 때문에 둘로 갈린 우리 민족이 통일하지 못하는 것에 안타까운 마음을 가지고 있었다.

비록 자신이 군에서 좋지 못한 대우를 받기는 했지만, 미래에 제 자식은 자신처럼 아픔을 겪지 않았으면 하는 바람을 가지게 되었다.

물론, 이것은 전적으로 외계인의 도움에 몸이 정상인, 아니, 정상을 넘어 이제는 누가 자신을 어떻게 할 수 없다는 자신감을 갖게 되면서 하게 된 생각이다.

군에 있을 때는 그저 생각만 가지고 있었지만 이제는 아니다.

대한민국은 조금만 더 자신감을 가져야 한다는 생각을 하였다.

그래야 주변 국가들의 눈치를 보지 않고 민족의 염원을 이룰 수 있다.

민족의 염원을 이루기 위해선 경제 발전은 물론이고, 군사적으로도 누군가의 눈치를 보지 않아야만 한다.

하지만 대한민국을 둘러싼 주변은 너무도 강력한 군사력을 보유하고 있다.

서쪽의 뻔뻔하고 욕심 많은 중국은 그 욕심을 버리지 못하고 한민족을 자신들의 위성 국가로 편입하려 하고 있었다.

역사까지 왜곡하면서 말이다.

그리고 이건 동남쪽에 있는 섬나라 일본도 다르지 않다.

급속히 성장한 중국을 견제하기 위해 한미일 삼각 동맹을 하고 있음에도 불구하고 일본은 자신들의 내부 정권이 불안할 때면 대한민국의 영토인 독도를 언급하며 분란을 일으켰다.

역사적으로나 실효 지배를 하고 있는 국제법에 의거해 분명 독도는 대한민국의 영토다.

그럼에도 일본은 자신들의 역사서나 근대 정부 문건에도 엄연히 나와 있는 것을 외면하고는 독도를 자신들의 영토이며, 대한민국이 강제로 점령하고 있다고 주장을 한다.

그런데 일본이 이런 주장을 하는 데는 이유가 있었다.

그건 바로 자신들이 대한민국보다 군사력이나 경제력 모두 앞서고 있다고 생각하기 때문이다.

사실 해방 직후 위정자들이 제대로 정치를 했다면 우리 민족의 성격상 2차 대전에서 패망한 일본이 따라오진 못했을 것이다.

 비록 출발은 비슷했지만 책임감도 없고 다른 사람을 배려하는 마음이 없는 일본인들의 성격상 분명 그랬을 것이다.

 하지만 역사에서 if란 없는 것처럼, 한순간의 방심이 불러온 동족상잔의 비극은 한민족에게 씻을 수 없는 상처를 만들었지만, 한민족을 핍박하던 일본은 폐허 속에서 경제 부흥을 이룩했다.

 이 모든 것이 한반도에 있던 위정자들이 욕심을 버리지 못하고 제대로 된 정치를 못 했기에 벌어진 비극에서 비롯된 일이었다.

 그 뒤로 일본은 지금까지 자신들이 성장하는데 대한민국이 걸림돌이 된다고 굳게 믿으며 한민족을 헐뜯고 있다.

 그뿐만 아니라 국제 사회에서 어떻게 하든 한국을 도태시키기 위해 갖은 모략과 술수를 쓰고 있다.

 그러니 그런 일본에 대항하기 위해서라도 대한민국은 확실하게 우위를 점해야 한다.

 일본 민족은 세월이 지났음에도 아직 고대 전국 시대처럼 강자에 약하고, 약자에 강한 습성을 지니고 있다.

그렇기에 대한민국이 그들보다 더 강하다는 것을 보여야만 하는 것이다.

대한민국이 성장하는 데 걸림돌이 되는 국가는 이들 두 나라만이 아니다. 또 다른 두 나라를 신경 써야 한다.

한 나라는 예전에 초강대국이었던 소련이고, 다른 하나는 대한민국의 동맹국인 미국이다.

하지만 소련은 이미 그 자체 이데올로기의 모순으로 붕괴되어 독립국가로 분리가 되고, 그중 가장 거대한 나라가 러시아가 되었지만 대한민국을 위협하기에는 이제 그리 큰 영향이 없다.

아니, 오히려 소련이었을 때보다 차라리 도움이 되는 나라가 되었다.

그런데 아이러니하게도 북한의 침입을 막아 한반도가 공산화되는 것을 저지해 주던 미국이 현재에는 대한민국에 가장 큰 걸림돌이 되고 말았다.

겉으로는 아직도 미국은 대한민국에 가장 큰 우방국이다.

그렇지만 대한민국이 북한과 통일을 하는데 가장 걸림돌이 되는 나라 또한 미국이 되었다.

이는 전적으로 국가의 이윤이 어느 쪽으로 향하느냐에 따라, 미국은 대한민국이 통일이 되는 것보단 남과

울트라 코리아

북이 갈라져 대립하는 것이 더 이득이 되기 때문이다.

그 때문에 더 이상 이데올로기로 대립하는 시대가 아님에도 한반도는 통일이 되지 못하고 세계 최후의 분단 국가로, 또 가장 민감한 화약고 중 하나로 남아 있다.

이러니 수호는 자신의 조국이, 그리고 미래에 자신의 자식과 후손들이 평화롭게 살아가는 데 가장 걸림돌이 되는 것을 치워야 한다고 생각하였다.

그래서 나온 결론이 바로 군사적으로 강력한 힘을 가지는 것이라고 판단을 내렸다.

그래서 이렇게 연구를 하는 중이다.

하지만 오늘은 연구를 중단하고, 아버지를 만나기 위해 회사로 가 봐야만 했다.

비록 명부상 고문으로 있지만, 2주 전에 아버지와 한 이야기가 있었기에 그것을 전달해 주기 위해서라도 가야 했다.

"슬레인, 준비한 것은 어떻게 되었지?"

준비를 마치고 외출하기 전, 슬레인을 불러 물어보았다.

[블리츠에 넣어 놓았습니다.]

슬레인은 주인인 수호의 물음에 그가 타고 다니는 슈퍼바이크인 하이퍼 X—2 블리츠에 넣어 두었다고 대답하였다.

수호는 자신의 애마인 하이퍼 X—2의 이름을 번개 또는 섬광을 뜻하는 독일어인 블리츠라 불렀다.

이는 슬레인이 개조한 하이퍼 X—2가 그만큼 빠른 것은 물론이고, 멋있기 때문에 붙인 이름이다.

"OK."

수호가 슬레인에게 준비하라고 한 물건은 바로 하이퍼 X—2의 방어력을 향상시킬 때 사용하던 코팅제와 그 제조 화학식이 들어 있는 USB였다.

화학식만 가져다주었다가는 그것을 해석하고 제조하는데 몇 년은 걸릴 것이기에 완제품과 함께 주기 위해 시간이 조금 걸린 것이다.

*　　　*　　　*

수호는 블리츠를 타고 용인으로 향했다.

그가 이곳에 온 이유는, 그의 아버지가 다니는 SH화학이 바로 용인에 자리를 잡고 있었기 때문이다.

다니던 회사를 그만두고 작은 화학 회사를 하나 차리는 것이기에 굳이 땅값이 비싼 서울이나 수도권에 있을 필요가 없었다.

비록 수도권은 아니지만 서울과 가깝고 출퇴근이 용이하며, 무엇보다 용인시에서 기업을 유치하기 위해 행정 처리를 간편하게 해 주는 것은 물론, 갖은 혜택을 주었기에 이곳에 자리 잡은 것이다.

'여긴가?'

아버지가 알려 준 주소를 찍고 도착한 SH화학은 넓은 부지와 다르게 생각보다 작은 크기의 건물이 들어서 있었다.

"어떻게 오셨습니까?"

오토바이 한 대가 공장 출입구에 멈춰 서자 경비실 문이 열리며 누군가가 물었다.

"정중현 전무님을 뵈러 왔습니다."

수호는 자신의 아버지 이름을 대며 뵈러 왔다고 대답하였다.

"약속이 되어 있습니까?"

경비를 보고 있던 사람은 매뉴얼대로 수호에게 질문을 하였다.

"그건 아니지만…… 아들입니다."

"아들이라고요?"

회사 전무를 보겠다고 그 아들이 왔다고 대답했지만 경비를 보는 사람은 그것을 곧이곧대로 믿으려 하지 않았다.

이곳은 사설 회사이기는 하지만 취급하는 품목이 국가 방위산업의 일부였기에 아무나 출입할 수가 없었기 때문이다.

"정수호라고 합니다. 연락을 해 보세요."

깐깐한 경비의 질문에도 수호는 전혀 화를 내지 않고 차분하게 대답하였다.

"알겠습니다. 잠시만 기다려 주십시오."

경비는 수호의 이야기를 듣고 잠시 기다리라 말하고는 인터폰을 눌러 알아보았다.

그리고 곧바로 수호의 신분증을 확인한 뒤 출입문을 열었다.

"확인되었습니다. 다음부터는 출입 카드를 보여 주십시오."

수호의 신분을 확인한 경비는 다음에 방문할 때는 출입 카드를 보여 달라는 말을 하고는 수호를 통과시켰다.

그도 그럴 것이, 수호는 회사에 고문으로 등록되어 있었기에 사전에 이를 통보했다면 굳이 이렇게 경비실 앞에서 신분 확인을 하지 않아도 되었다.

그런 것을 깜박하고는 경비실 앞에서 잠시 시간을 지체했던 것이다.

"수고하십시오."

경비의 말에 수호는 작게 미소를 지어 보이며 수고하라는 말과 함께 출입문을 통과했다.

＊　　　＊　　　＊

저벅저벅.

회사 정문을 통과한 수호는 블리츠를 주차장에 세워
두고 SH화학 본사 안으로 들어갔다.

"정중현 전문님을 뵈려면 어디로 가야 합니까?"

비록 SH화학이 작은 회사였지만 갖출 것은 다 갖추
고 있었기에 본관 입구에 안내 데스크가 마련되어 있었
다.

외부 손님이 왔을 때를 대비해 놓은 것이다.

"2층으로 올라가셔서 좌측으로 가시면 206호라고 적
힌 사무실이 있습니다."

"감사합니다."

안내를 받은 수호는 감사하다는 말과 함께 계단으로
향했다.

그런 수호의 뒤로 안내를 맡은 직원은 자신도 모르게
잘생겼다는 말을 중얼거렸다.

명장이 빚은 대리석 조각을 보는 듯한 수호의 미모에
저도 모르게 나온 소리였다.

그런 직원의 칭찬을 뒤로하고 수호는 자신의 목적지
를 향해 걸어갔다.

계단을 오른 수호는 직원이 이야기한 206호 팻말을 찾았다.

그리고 그곳으로 직진하였다.

똑! 똑!

— 들어오세요.

안에서는 젊은 여성의 목소리가 들렸다.

생각지도 못한 소리에 수호는 잠시 멈칫했지만, 그대로 문을 열고 안으로 들어갔다.

206호의 문을 열고 들어가니 안에는 또 다른 문이 존재했고, 그 앞에 여성이 책상 하나를 두고 앉아 있었다.

"어떻게 오셨습니까?"

조금 전 경비실을 통해 연락이 들어갔을 것이지만 안에 있던 여성은 다시 한번 수호에게 용건을 물었다.

"아버지를 뵈러 왔습니다. 전해 줄 물건이 있어서."

"네, 잠시만 기다려 주십시오. 안에 사장님이 오셔서……."

비서는 안에 이곳 SH화학의 사장, 그러니까 수호의 둘째 큰아버지가 와 있다고 말하고는 사무실 안으로 들어갔다.

— 전무님, 정수호 고문께서 오셨습니다.

안에서 비서가 하는 소리를 들은 수호는 다시 한번 놀랐다.

아까 경비실에서 경비원이 하던 고문이란 소리가 진짜였던 듯했다.

전에 아버지께서 그와 비슷한 이야기를 했었지만, 그때는 그냥 흘려들었다.

하지만 회사에서는 정말로 자신을 고문으로 알고 있는 것 같았다.

출근도 하지 않는 자신을 고문으로 알고 있는 직원들을 보게 되자 수호는 잠시 생각을 하게 되었다.

'그저 아버지를 돕기 위해 슬레인이 알려 준 화학식을 넘긴 것뿐인데…….'

이곳 SH화학의 근간이 된 화학식을 넘겨준 것은 맞지만 당시에는 회사와 연관되고 싶은 마음이 전혀 없었다.

그런데 아버지가 이렇게까지 자신을 신경 쓰는 것 같아 다시 한번 돌아보게 되었다.

"들어오시랍니다."

언제 나왔는지 사무실에서 나온 아버지의 비서가 조심스럽게 말했다.

딴생각을 하고 있다가 비서가 온지도 몰랐던 수호는 얼른 정신을 수습한 뒤 고개를 살짝 숙이며 사무실 안으로 들어갔다.

그런데 인사를 하고 아버지의 사무실로 들어갈 때 수

호는 보았다.

자신과 나이가 비슷하거나 조금 많아 보이던 비서가 얼굴을 붉히고 있는 것을 말이다.

하지만 수호는 그것을 못 본 척하고는 사무실 안으로 들어갔다.

＊　　　＊　　　＊

사무실을 나온 수호와 중현, 그리고 수호의 둘째 큰 아버지인 상현도 SH화학 한쪽에 마련된 창고로 들어갔다.

이들이 이곳을 찾은 이유는 수호가 가지고 온 물건을 시험해 보기 위해서였다.

슬레인이 자신의 신체를 만들 신소재와 수호의 안전을 위해 연구하던 물건이었기에 수호는 자신이 가져온 물건에 전혀 걱정이 없었다.

"아버지, 준비해 달라고 한 것은 어찌 되었습니까?"

"그래, 이미 준비해 두었다. 그런데 그런 것이 정말로 가능하냐?"

미리 연락을 받았기에 수호가 준비해 달라고 한 것을 이곳 창고에 준비하기는 했다.

하지만 그가 알고 있기로, 방탄유리는 스프레이가 아

니라 필름 형태로 붙이는 것이라 알고 있었다.

그런데 수호가 준비한 것을 보면 필름 형태의 것이 아닌 한 손에 들어오는 스프레이였기에 의아했다.

"김 주임, 준비 다 되었나?"

중현은 현장 직원인 김용수 주임에게 준비가 되었는지 물었다.

하지만 준비물이라고는 1m × 0.5m × 5㎜ 유리판이 전부였다.

"예, 말씀하신 것 준비되어 있습니다."

김용수 주임이 창고 한편에 있는 유리판을 가리켰다.

척!

수호는 김용수 주임이 가리킨 유리판을 돌아보다 그 옆에 있는 테이블에 가져온 작은 케이스를 올려놓았다.

철컥!

몇 번 조작을 하자 케이스가 맑은 소리를 내며 열렸다.

"혹시 위험할 수도 있으니 잠시 떨어져 주세요."

수호는 케이스에서 한 손에 들어오는 스프레이 통을 쥐고 뒤에서 구경하고 있던 아버지와 큰아버지에게 경고를 하였다.

그런 수호의 경고에 두 사람, 아니, 조금 전 안내를 하던 김용수 주임까지 세 사람은 수호에게서 두 걸음

떨어졌다.

테이블에 준비된 마스크와 눈을 보호하는 고글을 쓴 수호는 스프레이를 준비된 유리판에 뿌렸다.

치익!

시험을 위해 수직으로 세워진 유리판 한 면에 스프레이를 뿌린 뒤 잠시 시간을 두고 이번에는 다른 걸로 스프레이를 뿌렸다.

그렇게 시간을 두고 두어 번 더 작업을 한 후 뒤로 물러섰다.

그런 수호의 모습을 본 중현이 다가와 물었다.

"이제 다 된 것이냐?"

"네, 잠시 스프레이가 다 마를 때까지 10분만 기다리면 돼요."

작업이 끝나고 유리판에 뿌린 스프레이가 모두 마를 때까지 10분이면 영화에나 나오는 방탄유리가 완성된다는 소리에 이를 들은 중현이나 상현 등은 눈을 크게 떴다.

그도 그럴 것이, 이들도 화학 회사를 운영하다 보니 많은 것을 듣고 본다.

그런데 지금까지 이런 스프레이형의 방탄 제품이 있다는 것은 한 번도 보거나 들은 적이 없었다.

이는 실로 영화나 소설에 나올 법한 이야기였다.

하지만 다른 사람도 아니고 자신의 아들이, 조카가 무언가를 가지고 자신들의 앞에 선보이는 것에 놀람과 기대감을 가지게 하였다.

'저게 만약 수호가 말한 대로 효과를 발휘한다 면…….'

수호의 아버지인 중현이나 둘째 큰아버지인 상현은 동시에 이와 같은 생각을 하였다.

직업이 직업이다 보니 이들은 수호가 가져온 물건을 어떻게 하면 사업적으로 사용할 수 있을지, 그리고 어느 정도의 비용으로 이것을 제작해 판매했을 때 수익이 나올지 계산을 떠올렸다.

그렇게 각자 생각에 잠겨 있을 동안 수호가 유리판에 뿌렸던 스프레이가 모두 굳었다.

스윽!

수호가 유리 표면을 보자 중현과 상현도 그런 수호의 옆으로 와 유리를 살펴보았다.

"한 통을 뿌렸는데 두께가 겨우 0.5㎜ 정도밖에 되지 않네?"

유리를 살피던 중현은 깜짝 놀랐다.

겨우 0.5㎜ 정도로 무척 얇은 막이 형성되어 있었기 때문이다.

적어도 1㎜는 될 줄 알았는데, 그것의 절반 정도밖에

되지 않는 것에 작은 실망감이 들었다.

물론, 중현은 그런 것을 겉으로 드러내지는 않았다.

하지만 수호의 둘째 큰아버지인 상현은 달랐다.

"이렇게 얇아서 제대로 되겠냐?"

시중에 판매되는 방탄 필름의 두께도 이 정도이긴 했다. 하지만, 그것은 핸드폰같이 아주 작은 물건에 붙이는 것이니 그렇다 치더라도, 이것은 최소 자동차의 앞유리를 보호하기 위한 목적이었다.

그건 넓은 면적의 유리를 보호해야 한다는 말이고, 그만큼 큰 힘을 받기에 핸드폰에 사용되는 것보다 훨씬 뛰어난 성능을 가지고 있어야 한다는 이야기였다.

그런데 이렇게 얇은 것으로 그런 성능을 낼 수 있다곤 생각되지 않았기에 이런 소리를 하는 것이었다.

"그럼 한 번 시험을 해 보죠, 김 주임님."

수호는 아직 옆에서 상황을 지켜보고 있는 김용수 주임을 불렀다.

그리고 다가온 그에게 망치를 들게 했다.

"한번 망치로 유리를 쳐 보세요."

김용수 주임에게 망치를 건네는 수호의 표정에는 걱정이나 망설임이 전혀 깃들어 있지 않았다.

그런 수호의 모습에 김용수 주임은 건네받은 망치를 한 번 쳐다보고는 그것을 들어 유리를 향해 있는 힘껏

휘둘렀다.

챙!

수호가 장담한 것과는 다르게 유리는 날카로운 소리를 내며 깨졌다.

하지만 강화유리도 아닌 일반 유리임에도 깨진 유리는 전혀 파편을 뒤로 날리지 않았다.

"어?"

"아니 이게……."

망치를 휘두른 김용수 주임은 처음에 유리가 깨진 것에 놀라 당황했지만 다음 순간 뭔가 다르다는 것을 깨닫고 놀라워하였다.

그건 이를 지켜보던 중현과 상현도 마찬가지였다.

두 눈으로 보기에 분명 유리가 깨진 것은 맞았다.

하지만 바닥에는 전혀 그 파편이 떨어져 있지 않은 모습에 중현과 상현은 이를 신기하게 내려다보았다.

"여길 한번 만져 보시지요."

수호는 놀라워하는 아버지와 둘째 큰아버지를 불렀다.

두 사람은 수호가 이끄는 대로 방금 전 스프레이를 뿌렸던 표면을 만져 보았다.

'아니…….'

스프레이를 뿌린 표면은 무척이나 매끄러웠다.

두 눈에 금이 간 모습이 보이지 않았다면 유리가 깨진 건지도 모를 정도로 아무런 흔적이 없었다.

"조금 더 시험을 해 보죠."

수호는 그렇게 이야기하고 김용수 주임을 쳐다보았다.

이미 옆에서 수호가 하는 이야기를 들었기에 김 주임은 그의 의도를 인지하고 조금 전 휘두른 곳 주변을 몇 번 더 두들겼다.

챙챙챙!

그러던 도중 이번에는 한 지점을 집중적으로 두들겼다.

마치 유리와 원수라도 되는 것처럼 온 힘을 다해 잇따라 타격을 가했다.

한 지점을 집중적으로 쳐서 그런지 스프레이로 뿌려 둔 필름막이 점점 변형되기 시작했다.

한두 번 두들겼을 때는 별다른 변화가 없더니, 같은 지점을 네다섯 번 공격하자 그제야 변형이 온 것이다.

"그만, 되었습니다."

"아, 네."

수호의 말에 김 주임은 그제야 두드리던 것을 멈추고 망치를 테이블에 내려놓았다.

"수고하셨습니다."

너무도 열정적으로 유리를 쳐 대던 김 주임을 보며 수고했다는 말을 하고 수호는 이를 지켜보던 아버지와 둘째 큰아버지를 돌아보았다.

"어떻습니까?"

김용수 주임이 망치를 들고 2분여 동안 한 지점을 두들기자 스프레이를 뿌려 둔 유리에 구멍이 뚫려 버렸다.

하지만 이를 지켜본 사람들은 그 성능에 놀라워하였다.

시중에 나와 있는 그 어떤 제품과 비교해도 손색이 없었다.

아니, 지금 보고 있는 것이 훨씬 성능이 좋다고 할 수 있었다.

다른 방탄 필름 제품들은 강화유리에 몇 겹을 붙여 시험을 한 것이지만, 방금 전 수호가 가져온 것은 강도가 약한 일반 유리판에 뿌리고 했던 것이다.

그런데 성능은 근소하나마 수호가 가져온 물건이 우수했다.

정확한 시험을 해 봐야 어느 정도 효과가 있는지 알 수 있을 테지만, 방금 전의 정도도 상당한 반응을 보여 줄 것이라 판단되었다.

"이것을 만드는 데 들어가는 원가는 어마나 되냐?"

중현은 자신이 본 것이 정확하다면 분명 큰돈이 될 것이라는 판단이 들었다.

그래서 그 원가를 물어보았다.

"원가는 뭐 일반적으로 제작되는 방탄 필름에 들어가는 재료의 절반 수준, 아니, 1/3 정도면 충분할 겁니다."

자신이 만든 것이 아니기에 수호는 이야기하던 중 말을 바꿔 대답하였다.

이는 중간에 슬레인이 방탄 스프레이를 만드는 데 들어가는 재료들을 망막에 띄워 주었기에 이를 보고 대답하다 보니 그랬던 것이다.

"그래?"

이야기를 들은 상현은 눈을 크게 떴다.

시중에 나와 있는 방탄 제품과 비교해 비슷하거나 조금 더 성능이 뛰어난데, 들어가는 재료는 그 절반에도 미치지 못한다고 하니 놀란 것이다.

즉, 그 말은 같은 값에 판매해도 배는 이윤이 남는다는 소리였다.

더욱이 기존 방탄 제품은 전문 업자가 시공을 해야 하지만, 방금 전 본 것은 굳이 전문가가 아니더라도 직접 시공할 수가 있었다.

그 말은 전문가에게 들어가는 인건비가 전혀 들지 않

는다는 의미였다.

방탄 제품은 비싸다.

이는 사용자의 안전을 위한 제품이다 보니 당연하다.

그러다 보니 시공을 하는 기술자의 인건비 또한 당연히 비싸졌다.

그런데 방금 전 수호가 가져온 물건은 그런 것이 전혀 들어가지 않았다.

이 말은 누구나 손쉽게 사용할 수 있다는 소리다.

만약 이것을 총기 사고가 빈번히 발생하는 미국이나 치안이 불안정한 중남미에 수출한다면 엄청난 돈을 벌어들일 수 있게 될 터였다.

그렇지 않아도 갱과 마약 카르텔이 사회를 장악한 것이나 마찬가지인 멕시코 같은 경우, 계속해서 이런 방탄 제품들의 가격이 치솟고 있는 중이다.

범죄와 마약 단속을 시도하려는 정부 관계자들은 이런 범죄자들의 표적이 되어 하루에도 몇 번씩 테러의 위협에서 벗어나지 못해 방탄 차량을 타고 다닌다.

그리고 정부 관계자만 이런 위협에 시달리는 것은 아니다.

멕시코에서 사업을 하는 사업가들도, 부자들도 이런 테러의 위협에서 벗어나 있지 못하다.

그러다 보니 멕시코는 치안이 불안정해 이런 보안 사

업에 관한 제품들이 날개 돋친 듯 팔려 나가고 있었다.

"형님, 이건 되겠는데요."

중현은 자신의 옆에 서 있는 이복형인 상현을 보며 소리쳤다.

"그, 그래. 그런 것 같다."

상현은 화약 주머니에 이어 또다시 획기적인 물건을 가지고 온 조카를 보고 놀람을 감추지 못했다.

아들이 주도적으로 진행하던 프로젝트에서 큰 사고가 발생했다.

그로 인해 연구원 중 사망자가 발생하면서 자리가 위태로워졌다.

이를 무마하기 위해 아들 대신 자신이 회사를 그만두었다.

분명 자신의 형은 사고를 빌미로 자신의 아들을 회사에서 쫓아낼 걸 알기에 거래를 통해 아들을 살렸던 것이다.

그 과정에서 평소 소원했던 이복동생이 자신을 찾아와 제안을 해 왔다.

어차피 큰형이 장악하고 있는 회사에 더 이상 자신들의 자리는 없으니, 차라리 이번 기회에 따로 독립을 하는 것이 어떠냐고 말이다.

더욱이 좋은 사업 아이템까지 있다며 그것을 확인까

지 시켜 주니 상현도 이에 수긍하며 손을 잡았다.

그런데 뒤늦게 사업 아이템이 된 그것을 준 것이 조카인 수호였다는 것을 알고는 깜짝 놀랐었다.

어려서는 똑똑하고 공부도 잘해 영재 소리를 들었지만, 사춘기에 들어서며 방황하더니 집안의 눈 밖에 나버렸다.

솔직히 상현도 그 뒤로는 별로 신경 쓰지 않았다.

하지만 선비는 사별삼일 괄목상대라고 했던가.

몇 년 만에 본 수호는 예전의 망나니가 아니었다.

전에는 신경 쓰지 않아 몰랐는데, 지금 보니 자신의 조카는 모든 것을 가진 위너였다.

동생을 닮아 헌칠한 키에 비율이 좋은 것은 물론이고, 이목구비가 뚜렷했다.

뿐만 아니라 제수씨를 닮아 한국인 중에서도 피부가 무척이나 맑고 투명한 것은 물론이고, 남자인 자신이 봐도 잘생겼다.

그런데 이제는 전문가도 쉽게 만들지 못할 것을 만들어 왔다.

한 번은 우연이라 할 수 있지만, 두 번째라면 그 평가는 달라져야 할 것이다.

"여기 화학식이 담겨 있는 USB입니다."

스프레이를 꺼냈던 케이스에서 조그만 무언가를 꺼내

동생에게 건네는 것을 보았다.

'허허.'

상현은 그동안 자신의 아들이 최고라 생각했다.

어려서부터 천재라 불리며 단 한 번도 1등을 놓친 적이 없었다. 뿐만 아니라 해외에 유학까지 다녀온 재원이었다.

그래서 어린 나이에 연구소 수석 연구원으로 들어갈 수 있었기에 그런 아들의 미래를 위해 기꺼이 자신을 희생하겠다는 결심을 하였다.

그런데 지금 보니 자신의 아들도 똑똑했지만, 눈앞에 있는 자신의 조카는 그런 아들을 아득히 넘어 있었다.

천재라 믿었던 자신의 아들은 무리하게 프로젝트를 진행하다가 인명 사고를 내고 말았다.

그에 반해, 조카는 자신의 아들이 실패했던 프로젝트를 다른 방법이었지만 어찌 되었든 성공을 시켰다.

그 때문에 회사에 큰 손해를 입힐 뻔한 사고를 넘어 회사에 새로운 비전까지 마련해 주었다.

그것이 독립을 한 지금에도 유지가 되고 있었다.

이것만 봐도 자신의 조카는 누군가와 비교할 수준이 아닌, 이를 한참 넘은 존재라 할 수 있었다.

더욱이 이런 연구를 혼자서, 그것도 단기간에 완벽하게 만들어 온 것에 경악을 금할 수 없었다.

공장에서 물건이 만들어지고 그것이 시장으로 나오기까지 얼마나 오랜 기간 연구와 개발이 이루어지는지 상현은 잘 알고 있었다.

그리고 그곳에 얼마나 많은 천문학적인 자금이 투입되는지도 잘 안다.

그런데 자신의 조카는 그런 시간과 노력, 그리고 천문학적인 돈을 무시하고 불과 며칠 만에 이런 획기적인 물건을 만들어 왔다.

"꼭 여기 적힌 순서대로 재료를 합성해야만 제대로 된 물건이 만들어질 겁니다."

수호는 슬레인이 만든 스프레이 형 방탄 물질에 대한 주의를 주었다.

슬레인이 만든 화학식은 더 이상 개선의 여지가 없을 정도로 완벽했다.

물론, 현대 과학이 더 발전한다면 슬레인이 짠 것이더라도 분명 개선의 여지가 있겠지만, 현존하는 기술을 집대성한 슬레인이기에 몇 년간 그럴 일은 없을 것이다.

그렇기에 자신 있게 이런 말을 할 수 있었다.

3. 영업

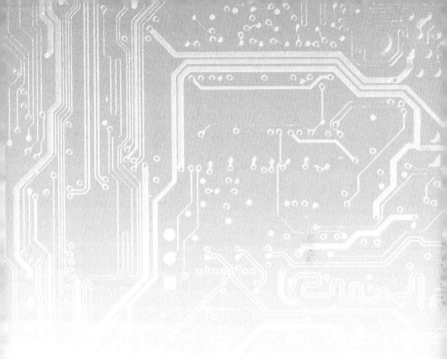

저녁 10시.

남들은 주말이 시작되는 금요일 저녁이라고 명동이다, 홍대다 하며 불타는 금요일을 즐기기 위해 돌아다니지만, 새벽부터 행사를 다녀온 지수는 숙소 거실에 앉아 멍하니 TV를 보고 있다.

덜컹.

화장실에서 샤워를 하고 나온 혜리는 젖은 머리를 수건으로 말리며, 소파 앞에 무릎을 세우고 앉아 있는 지수를 바라보았다.

"언니, 뭐 하고 계세요?"

"응, 조금 뒤에 야생의 법칙 한다. 그거 기다리고 있어."

원체 움직이는 것을 좋아하는 지수다 보니, 아이돌이면서 취미가 참으로 특이했다.

흔히 여자들이 말하는 독서나 영화 감상이 아닌, 격투기가 바로 그녀가 가장 좋아하는 것이었다.

그것 외에 게임도 무척이나 좋아했다.

그래서 그런지 지수는 TV 프로그램 중에서도 출연자가 고생하는 예능을 좋아하고 있었기에 오늘도 그러한 TV 예능을 기다리고 있었다.

"아, 그러고 보니 오늘이 혜윤 언니가 출연했던 필리핀 편 방영하는 날이네!"

혜리가 그제야 생각났다는 듯 소리쳤다.

그러더니 안방에서 쉬고 있는 혜윤을 찾았다.

"혜윤 언니!"

느닷없이 막내가 자신을 찾는 소리에 막 씻으러 안방 화장실에 들어가려던 혜윤은 무슨 일인지 물었다.

"막내야, 무슨 일이야?"

"언니, 오늘이 언니가 출연했던 야생의 법칙 하는 날이야!"

혜리는 아주 중요한 일을 알려 주는 것처럼 안방으로 쳐들어와 소리쳤다.

"아, 오늘이 그날이구나."

혜윤은 그룹의 막내 혜리의 이야기에 눈을 동그랗게 뜨며 중얼거렸다.

"언니가 출연했던 프로니 우리 함께 봐요."

혜리가 TV 시청을 함께하자고 말하였다.

"좋아. 얼른 씻고 나올 테니, 넌 애들에게 먼저 이야기해."

"알았어요. 그럼 빨리 씻고 나와요."

혜윤은 얼른 대답하고 바로 안방 화장실로 들어갔다.

다른 때 같으면 머리를 감고 화장을 지우느라 최소 30분은 걸려야 하지만, 오늘은 왠지 손이 빠르게 움직였다.

혜윤이 서둘러 씻고 거실로 나오자, 어느새 다른 멤버들도 모두 거실로 나와 옹기종기 앉아 있었다.

"배도 고픈데, 우리 뭐 좀 먹으면서 볼까?"

자신이 나온 프로그램을 동생들이 모두 보겠다며 모여 있는 모습을 본 그녀는 야식을 먹으면서 볼까 하는 물음을 동생들에게 던졌다.

"언니, 치킨!"

"피자!"

"떡볶이!"

혜윤의 말이 떨어지기 무섭게 여기저기서 자신이 먹

고 싶은 음식의 이름을 불러 댔다.

"그만. 알았어, 치킨, 피자, 떡볶이. 이렇게만 시킨다."

그냥 두면 마구 떠들어 댈 것 같았기에 혜윤은 잠시 동생들을 진정시키며 먼저 이야기했던 세 가지를 주문하였다.

"주문한 야식이 오기 전까지 과일이나 먹으면서 보자."

이제 야식을 주문했으니 최소 30분 이상은 걸려야 도착할 터였다.

그렇기에 그녀는 TV 프로그램을 보면서 먹을 간식을 준비했다.

＊　　　＊　　　＊

"와! 저기서 삼촌을 만난 거야?"

크리스탈이 TV를 보다 말고 혜윤을 돌아보며 물었다.

"응, 맞아."

"와, 그런데 조난을 당했다면서 어떻게 저렇게……."

"맞아. 어떻게……."

그랬다.

TV 속 야생의 법칙에는 단 한 명만이 빛나고 있었다.

개그맨인 김정만을 차치하더라도 모델이며 배우인 미키 김도 있었지만, 플라워즈 멤버들의 눈에는 그들이 전혀 들어오지 않았다.

"어머, 움막이 아니라 완전 별장이네."

조용히 TV를 보고 있던 지민이 작게 중얼거렸다.

그녀가 보고 있는 것은 수호가 구조대를 기다리는 동안, 섬에서 지내기 위해 지어 놓은 나무집이었다.

그런데 혼자서 지었다고는 생각하지 못할 정도로 무척 정교해, 아직 10대인 그녀가 보기에는 참으로 낭만적으로 느껴졌다.

그렇지 않아도 따듯한 필리핀의 해변과 나무 그늘 속에 지어진 대나무로 엮인 집은 그것만으로도 유명 콘도 못지않은 운치를 보여 주고 있었다.

그러다 보니 그녀의 입에서 저절로 감탄의 탄성이 터져 나왔던 것이다.

띵동!

플라워즈 멤버들이 TV에 빠져 있을 때 초인종 소리가 들려왔다.

"이제 왔나 보다."

조금 전 시켰던 야식이 도착한 모양이다.

야식을 3종이나 시켰는데 우연인지, 아니면 따로 연락을 하고 온 것인지 비슷한 시간에 도착하였다.

"언니, 빨리. 2부 시작한다."

막 배달 온 야식을 계산하고 있을 때, 거실 쪽에서 혜리가 소리치는 게 들렸다.

"알았어. 계산은 해야지."

급하게 계산을 마치고 거실로 돌아오자, 야생의 법칙 2부가 막 시작되고 있었다.

$$*\qquad*\qquad*$$

'시가전을 할 때 가장 불리한 것은 역시 시계야.'

드르륵. 탁탁!

컴퓨터 키보드를 두드리며 수호가 무언가 작업을 하고 있었다.

그가 보고 있는 것은 보병용 전장정보 시스템이다.

현대전은 고도로 집약된 정보가 가장 중요했다.

적보다 앞서 정보를 취득하는 것이 아군의 생존성을 높이고, 또 작전의 성공 확률을 높인다.

이런 정보전에 특화된 것이 바로 미군이었다.

그들은 인공위성은 물론이고, 고도로 발달된 드론을 이용해 전장을 감찰하고 정보를 습득해 현장에 나가 있는 군인들에게 전달한다.

그리고 자신들의 정보를 숨기는 데도 특화되어, 적으

로 하여금 방심하게 만든다.

그에 비해, 한국군의 경우 많이 개선이 되기는 했지만 아직도 미군에 비해 떨어진다.

그러다 보니 한국군은 전투원 개인의 역량에 기대어 전투를 벌이는 것이 다반사다.

그렇기에 작전 중 부상을 당하는 비율이 미군에 비해 상당히 높았다.

그나마 부대가 교체하고 수호가 현장에 투입되면서 작전 성공률이 조금씩 올라가며 부상자가 나오는 비율이 줄어들기는 했다.

그래도 부상이 없는 것은 아니었다.

수호는 현장의 정보를 취득하는 장비가 부족하다고 상부에 보고하며 개선을 요구했지만, 그럴 때마다 예산이 부족하다는 변명뿐이었다.

하지만 수호도 잘 알고 있었다.

예산이 부족한 것이 아니라, 그런 쪽에 예산을 쓰지 않을 뿐이라고 말이다.

사실 대한민국 군에 필요한 것은 너무나 많았다.

미국을 비롯해 많은 나라들이 효율적이고 과학적인 전투를 위해 군 현대화 사업으로 가장 먼저 데이터 링크를 이루었다.

이게 무슨 소린가 하면, 한 사람이 취득한 정보를 데

이터 링크를 통해 다른 사람에게 전달되어 정보를 공유하는 것이다.

그로 인해 한 사람이 하나의 목표만 주시하는 것이 아니라 한꺼번에 여러 목표를 파악할 수 있게 만들었다.

그래야 작전 중 중복된 표적을 쫓지 않고 효과적으로 적에 대응할 수 있기 때문이었다.

그럼에도 한국군은 데이터 링크 시스템의 필요성을 알고 있으면서도 다른 것에 중점을 두느라 사업 목표에서 뒤로 밀려나 있었다.

이런 점을 수호는 본인이 직접 연구하고 있었다.

아니, 데이터 링크뿐만 아니라 이를 통합한 무기 시스템도 함께 연구했다.

데이터 링크를 통해 취득한 정보를 보다 더 효율적으로 운용하기 위해 무기 시스템까지 통합을 하는 것이다.

그래야 내게 무기가 없더라도 내가 취득한 표적을 다른 동료가 가진 무기로 섬멸할 수 있지 않겠는가.

그것이 전장에서 적을 효과적으로 물리치고 작전을 성공시킬 수 있지 않겠는가.

따르릉!

한창 연구를 하고 있던 중에 전화기가 울렸다.

‘뭐지?’

수호의 인간 관계는 그리 넓지 못했다.

부모님과 군 동기 몇 명, 그리고 예전에 부대장이었던 아레스의 심보성 사장 정도다.

이들 중 자신에게 개인적으로 연락할 사람이라고는 부모님과 심보성 사장이 있었지만, 이렇게 늦은 시간에 연락할 리가 없었다.

‘어?’

의아한 표정으로 전화기를 들었다.

그런데 전화기 액정에 뜬 이름에 깜짝 놀라고 말았다.

전화를 건 사람은 한 달 전쯤 다시 만난 혜윤이었다.

‘무슨 일이지?’

무슨 일로 전화를 걸었는지 모르겠지만, 의아한 생각은 잠시 접고 전화를 받았다.

“여보세요.”

— 삼촌, TV 보셨어요?

‘어? 뭐지?’

전화를 받자마자 기차 화통을 삶아 먹은 듯한 목소리가 들려왔다.

하지만 그 목소리는 액정에 표시된 혜윤의 목소리가 아니었다.

잠시 생각을 하던 수호는 그 목소리의 주인이 혜윤과 같은 그룹에 있는 혜리라는 것을 기억해 냈다.

"아, 혜리구나. 그래 무슨 일로 전화를 한 거야?"

수호는 당황하지도 않고 차분하게 물었다.

그런 수호의 반응에 전화를 건 혜리는 화통하게 웃으며 이야기하였다.

― 하하하! 한 달 전에 처음 보았는데, 제 목소리 잊지 않았네요.

혜리는 수호가 자신의 목소리를 잊어버리지 않았다는 게 그리 기분 좋은지 질문에 답도 하지 않고 크게 소리치며 웃었다.

― 야! 무슨 쓸데없는 소리를 하고 있어. 얼른 내 전화 내놔!

전화기 너머로 전화기의 주인인 혜윤의 목소리가 섞여 들렸다.

아무래도 뭔가 일이 있는 것 같았다.

다만 수호가 생각하기에 심각한 문제는 아닌 것으로 보였다.

그녀들의 목소리에 다급한 느낌은 없었기에 그렇게 판단을 내렸다.

― 삼촌, 오늘 STV에서 저랑 삼촌이 나온 것 보셨어요?

전화기 너머 혜윤의 목소리가 들렸다.

'내가 TV에 나와? 내가 촬영한 것은 STV가 아니라 JTV인데?'

혜윤의 말에 수호는 잠시 고개를 갸웃거렸다.

자신이 촬영한 대한민국 넘버원 스페셜 포스 챌린지는 STV가 아니라 케이블 방송인 JTV에서 촬영했던 것이다.

그런데 STV를 언급하는 혜윤의 목소리에 의아한 생각이 들었다.

[주인님, 방금 혜윤 양이 한 이야기는 아마도 6개월 전 필리핀의 무인도에 표류했을 때의 이야기 같습니다.]

"아, 그랬지……."

슬레인의 이야기를 들은 수호는 그제야 자신이 대한민국 넘버원 스페셜 포스 챌린지 말고도 STV에서 진행하는 야생의 법칙에도 잠깐 출연했던 일을 떠올렸다.

"아, 미안. 그게 오늘 방영하는 날이었나?"

자신과 함께 촬영된 프로그램이라고 축하 인사를 하기 위해 연락한 것 같은데, 자신은 연구를 하느라 보지 못했다.

"뭐 좀 하느라 보지 못했네."

— 아, 그래요. 일요일 아침에 재방송하니까 그건 꼭 보세요.

전화기 너머로 재방송 시점을 알려 주는 혜윤의 목소리에선 처음 전화를 했을 때의 활동적인 생명력은 느껴지지 않고, 자조적인 느낌이 물씬 풍겼다.

이제 막 피어나는 꽃 같은 숙녀의 목소리에 힘이 없는 것을 느낀 수호는 자신이 막 큰 실수를 한 것 같은 느낌을 받았다.

"이거 방송 나가는 것 축하해 주려고 혜윤이가 연락을 줬는데, 삼촌이 다른 일에 빠져 본방송을 보지 못했네. 미안해. 그리고 연락 줘서 고마워."

수호는 진심을 담아 고맙다는 인사를 하였다.

— 아니에요. 바쁘신데 연락드려서 죄송해요.

자신의 감사 인사에도 혜윤의 목소리는 미안함으로 가득했다.

"아니야. 잠시 뭔가 생각난 것이 있어서 그것 좀 연구하느라 그런 것뿐이야. 아무튼 연락 줘서 고마워. 조만간 만나면 내가 맛있는 것 사 줄 테니, 기운 차려."

— 네, 알겠어요. 그럼 시간이 너무 늦은 것 같으니 다음에 또 연락드릴게요.

"그래, 다음에 보자."

통화를 마친 수호는 잠시 전화기를 쳐다보았다.

솔직히 혜윤과는 불과 두 번밖에 보지 못했다.

그럼에도 뭔가 신경이 쓰였다.

그래서 서로 연락처까지 주고받았다.

"이거 연락처까지 교환했으면서 지금까지 한 번도 연락을 하지 않았네."

수호는 이제야 생각이 났다.

한 달 전 그 사건이 있은 후, 경찰서를 나와 연락처를 교환했다.

매니저가 있는 상태였기에 전혀 이상한 것은 아니었다.

자신을 좀 가깝게 생각하는 것 같았지만 그녀와 자신의 나이 차이는 열한 살이나 되었다.

그 때문인지 누가 봐도 예쁘고 키도 적당해 누구나 미녀라 할 수 있는 혜윤이었지만 수호가 보기엔 너무 어려 보였다.

그래서 남들은 오빠라 부르면 좋아하겠지만, 수호는 딱 잘라 삼촌이라 부르라고 했다.

겉으로는 혜윤과 그리 나이 차가 나 보이지 않았지만, 수호 본인이 그런 느낌이기에 촬영을 하는 중에 다른 사람들이 형이나 오빠라 불러도 혜윤에게는 삼촌이라 부르라 말했었다.

그런데 정작 그렇게 말해 놓고도 한 달 동안 한 번도 연락하지 않았던 것이 너무 미안했다.

개인적 사심은 없지만 삼촌이라면서 조카에게 연락하

지 않은 것도, 또 조카가 먼저 연락을 하게 한 것이 미안해 조만간 만나서 맛있는 것을 사 줘야겠다는 생각을 하게 되었다.

'이 연구만 끝나면 진짜로 맛있는 것 좀 사 줘야겠네.'

*　　　*　　　*

수호가 자신의 전화를 받고 그런 생각을 하고 있을 때, 통화를 마친 혜윤의 표정은 그리 밝지 못했다.

"언니, 왜 그래? 삼촌이 뭐라고 그래?"

혜리는 표정이 좋지 않은 혜윤을 보며 조심스럽게 물었다.

자신 때문에 문제가 생긴 것은 아닌가 싶어 걱정되었기 때문이다.

리더인 혜윤 언니가 삼촌을 좋아하는 걸 알고 있기에 일부러 그녀의 전화기로 연락한 것이다.

전화번호를 주고받은 뒤로 한 번도 통화하지 않은 것을 알고 있어 함께 촬영한 예능 프로그램이 방영된 것을 빌미로 전화를 연결했던 것이다.

평소에도 종종 오지랖이 넓다는 소리를 듣고 있는 혜리였는데, 또 자신이 괜한 오지랖을 부린 것은 아닌지 걱정이 되었다.

"아니, 그런 것은 아닌데, 삼촌이 뭔가 중요한 것을 하고 있었나 봐. 그런데 난 그것도 모르고……."

"아니, 언니가 그런 것이 아니라 내가 전화를 한 거잖아. 언니, 미안해."

혜리는 괜히 자신 때문에 언니와 삼촌의 관계가 잘못되는 것은 아닌가, 하는 마음에 울상이 되었다.

*   *   *

"제가 부탁한 것은 준비되었나요?"

보름 만에 다시 찾은 SH화학.

수호는 신제품 방탄 스프레이와 화학식을 전해 주며 주문한 것이 있었다.

그것은 바로 자신이 전해 준 물건으로, 방탄복과 시제품을 만들어 달라는 것이었다.

수호가 이런 주문을 한 것은 전적으로 아버지를 돕기 위해 벌인 일이다.

자신에게는 심보성이라는 인맥이 있으니, 그를 통해 군납을 하려는 생각에서였다.

즉, 그를 통해 로비를 하려 했다.

수호가 이런 생각을 하게 된 것은 전적으로 현재 군

인들이 사용하고 있는 방탄복의 성능이 위험한 수준이었기 때문이다.

방탄복은 성능에 따라 레벨을 분류하는데, 레벨 1은 22구경 권총탄을 막아 내는 정도의 성능을 요구하고, 그보다 높은 레벨 2의 경우 357 매그넘이나 9㎜ 권총탄, 그리고 레벨 3에서야 비로소 7.62㎜ 소총탄을 막아 낼 수 있다.

그리고 레벨 4에 가서야 소총에서 발사하는 철갑탄을 막아 낼 수 있다.

대한민국 군에서 요구한 방탄복의 성능은 바로 소총에서 발사하는 철갑탄까지 막아 낼 수 있는 방탄 성능이었다.

이는 대한민국 군이 처한 입장 때문으로, 대한민국 군인들은 휴전선에서 북한군과 대응을 하고 있었다.

이런 북한군이 사용하고 있는 제식 소총이 바로 구소련이 사용하던 AK—47 소총으로, 이것의 총알 구경이 바로 7.62㎜다.

그렇기에 군에서는 북한군이 사용하는 7.62㎜탄을 막아 낼 수 있는 이상의 성능을 요구했던 것이다.

하지만 국방부가 군에 보급한 방탄복은 원래 군이 요구한 레벨 4의 방탄복이 아닌, 7.62㎜ 소총탄을 방어할 수 있는 레벨 3도 아닌, 그보다 레벨이 낮은 레벨 3A의 성능밖에 나오지 않는 것이었다.

레벨 3A는 뭐냐 하면 레벨 2보다는 강력한 권총, 즉 44 매그넘과 같은 총탄을 막아 내는 것을 말한다.

하지만 소총탄은 막을 수 없었기에 대한민국이 미국처럼 치안이 불안정한 나라도 아니라 굳이 레벨 3A 방탄복은 필요가 없었다.

이 레벨의 방탄복은 미국의 경찰들이 사용하는 것이었기 때문이다.

수호는 자신의 경험을 통해 대한민국의 아들들인 군인들이 보다 안전하게 국방의 의무를 마치고 사회와 부모님에게로 돌아오길 원했다.

그래서 처음 방탄 스프레이를 생각하면서 이런 계획을 세웠던 것이다.

"그래, 네가 말한 대로 방탄복과 세라믹 플레이트, 그리고 방탄모까지 모두 준비했다. 다만……."

중현은 아들이 회사를 대신해 영업한다고 했을 때 깜짝 놀랐다.

군에서 장애를 안고 전역한 뒤로 아들이 군과 관련해선 절대로 상종하지 않을 것이라 생각했었다.

중현이 이런 생각을 한 데에는 군에서 받았던 최악의 처우 때문이었다.

어떻게 나라를 위해 싸웠던 영웅을 그런 식으로 대할

수 있는지 치가 떨렸다.

하지만 일개인이 국가를 상대로 싸워 봐야 좋을 것이 하나도 없었기에 울분을 뒤로한 채 모든 것을 포기했다.

하지만 하늘의 도움이었는지 수호가 사고를 당했음에도 예전의 활기를 찾아 돌아왔다.

그 뒤로 모든 상황이 바뀌었다.

군과 관련된 일은 일절 하지 않을 것 같았던 아들이 예전 군대 동기들을 만나고 또 그들과 함께 일을 했다.

비록 한 달 조금 넘는 시간을 함께했지만 그래도 집에만 박혀 있지 않고 밖으로 활동을 하는 모습에 안심이 되었다.

그런데 이제는 한발 더 나아가 방탄복을 만들어 달라고 하지 않는가.

방탄 스프레이야 일상생활에서도 쓰이니 그런가 하고 생각했지만 방탄복은 한국에서 그 쓰임새가 어디겠는가.

방탄복의 쓰임새는 다른 곳이 아닌 군대뿐이다.

그 때문에 이야기를 들었을 때, 몇 번이고 아들에게 물었다. 괜찮겠냐고 말이다.

그런 자신의 물음에 수호는 괜찮다는 대답을 했다.

아니, 자신이기에 더욱 자신과 같은 참담한 경험을

하는 대한의 아들들이 없었으면 한다는 이야기를 하였다.

그랬기에 중현은 더 이상 묻지 않고 아들이 요구한 물건들을 겨우 보름 만에 만들어 냈던 것이다.

너무도 촉박한 시간이라 방탄복과 방탄모는 전문적으로 이것들을 생산하는 회사에 의뢰해 소량을 구매하였다.

그리고 그중 한 벌은 수호가 요구한 대로 특수 가공 처리해 성능을 업그레이드하여 준비를 마쳤다.

"자재부로 가면 김용수 주임이 기다리고 있을 것이다."

"네, 제 부탁을 들어주셔서 감사해요."

수호는 아버지의 말에 감사 인사를 드렸다.

아무리 부자기간이라고 하지만 회사의 업무가 있는데, 그것을 미루고 자신의 부탁을 들어준 것이기에 감사를 전했던 것이다.

하지만 중현도 이것이 단순한 아들의 개인적인 부탁이 아닌, 회사 업무와 연관 있는 일이기에 들어줄 수 있었다.

더욱이 잘만 하면 안정적인 판매처가 생기는 것 아닌가.

"아니다. 오히려 내가 더 고맙지."

중현은 그렇게 입가에 미소를 지으며 대답하였다.

"그럼, 전 이만 가 볼게요."

"그래, 고생해라."

그렇게 수호는 아버지와 대화를 마친 후 김용수 주임을 찾아갔다.

이미 그와는 한 번 본 적이 있으니 찾는 것은 문제가 되지 않았다.

*　　　*　　　*

끼익.

평소라면 애마인 블리츠를 타고 왔겠지만, 오늘은 옮겨야 할 물건이 많아 다른 차를 운전해 아레스의 본사가 자리한 증평으로 왔다.

차에서 내린 수호는 트렁크에서 커다란 상자 하나를 꺼냈다.

그 안에는 방탄복과 헬멧, 그리고 몇 개의 스프레이가 들어 있었다.

이것들은 수호가 아버지를 통해 SH화학에서 만든 물건들이다.

방탄 스프레이가 정상적으로 유통되기 전 안정적인 수익원이 필요했기에 아레스에 영업을 하기 위해 준비를 하였다.

또 아레스의 심보성 사장을 통해 로비를 한다면, 어쩌면 군납도 가능할 것이라 판단되었기에 이곳을 찾았던 것이다.

"미향 씨, 오랜만이야."

수호는 아레스 본사로 들어가면서 안내 데스크에 앉아 있는 김미향을 보며 인사하였다.

"아, 고문님. 어서 오세요."

수호의 인사를 받은 김미향은 생각지도 못한 수호의 등장에 깜짝 놀라며 자리에서 일어나 인사를 하였다.

"사장님은 안에 계시죠?"

미향의 인사를 받은 수호는 심보성 사장의 행방을 물었다.

"네, 계십니다."

"그럼 내가 왔다고 좀 전해 줘요."

물건이 있어 굳이 그것을 가지고 올라갈 생각이 없기에 자신이 온 것을 심보성 사장에게 알려 달라고 부탁하였다.

"네, 알겠습니다. 잠시만 기다려 주십시오."

수호의 말을 들은 미향은 얼른 사내 전화를 돌려 심보성 사장에게 수호가 방문했음을 알렸다.

그리고 잠시 뒤, 조금 푸근해진 몸집의 심보성 사장

이 모습을 드러냈다.

"아니, 정 고문이 어쩐 일이야?"

계단을 내려온 심보성은 로비에 수호의 얼굴이 보이자 반가운 미소를 담아 소리쳤다.

"하하, 제가 좀 무심했죠?"

거의 석 달 만에 보는 것이라 수호는 얼른 그에게 다가가 악수를 하였다.

"그래, 반가워. 그런데 어쩐 일이야? 계약이 끝나고 두문불출하더니?"

심보성 사장은 아레스와 계약을 끝낸 뒤론 일절 연락이 되지 않던 수호가 먼저 자신을 찾아온 것에 놀라 물었다.

그런 심보성의 질문에 수호는 그와 함께 아레스 본사 지하로 내려가며 이야기하였다.

"보여 줄 물건이 있어 찾아왔습니다."

"보여 줄 물건? 그게 뭔데?"

심보성은 좀처럼 개인적인 부탁이나 청탁을 하지 않는 수호가 무슨 물건이 있다며 자신을 찾아왔다는 것에 깜짝 놀랐다.

그리고 보니 처음 그를 봤을 때, 수호의 옆에 커다란 박스가 있었다.

"혹시 아레스의 물품 구매 부서장도 불러 주실 수 있

습니까?"

수호는 이왕 영업을 하기 위해 아레스에 왔으니, 사장인 심보성뿐만 아니라 담당 부서장도 함께하는 것이 좋겠다는 판단 아래 의향을 물었다.

"흠…… 필요하다면 불러야지."

수호가 절대 실없이 그런 말을 하지 않을 것이라 예상한 심보성은 바로 전화기를 꺼내 들었다.

"이기준이, 지금 지하 사격장으로 와라."

예전, 군에 있을 때부터 자신의 참모였던 이기준 부장을 호출하였다.

그리고 전화기를 내려놓고 수호를 돌아보았다.

"그런데 그 상자에는 뭐가 들어 있나?"

수호의 손에 들린 상자가 자꾸만 신경 쓰인 나머지 심보성 사장이 그것의 정체를 물었다.

그러자 수호는 지하 사격장에 있는 빈 테이블 위에 상자를 내려놓고 내용물을 꺼냈다.

"그거 방탄복인가?"

수호가 상자를 열고 그 안에 들어 있던 내용물을 꺼내 전시하자 그것의 정체를 알아본 심보성이 물었다.

얼룩무늬의 흔한 방탄복이 눈에 들어왔다.

"네, 저희 아버지 회사에서 만든 프로토타입입니다."

수호의 대답에 심보성은 별다른 표정 변화 없이 그것

을 눈으로 살펴보았다.

"자체는 군에 납품되고 있는 회사의 것이지만, 아버지가 구입하여 특수 가공 처리를 하였습니다."

자신이 가져온 방탄복을 살피는 심보성 사장을 보며 설명하였다.

"그거 뭡니까?"

언제 내려왔는지 심보성 사장의 곁으로 다가온 이기준 부장이 방탄복을 보며 물었다.

물론, 그도 특수부대 출신이기에 그것이 방탄복이라는 것을 알 수 있지만, 왜 그것을 보는 거냐 묻는 것이다.

"이거 정 고문이 가져온 건데, 지금 성능 테스트를 하려고."

무엇 때문에 수호가 이것을 자신에게 가져온 것인지 짐작할 수 있었기에 심보성은 이기준의 질문에 대답했던 것이다.

"이 부장님, 오랜만입니다."

"그래, 정수호. 오랜만이다."

수호의 인사에 이기준은 편하게 인사를 받았다.

"제가 아레스에서 영업 좀 하려고 가져왔습니다."

개인적으로 친분이 있었기에 심보성 사장을 대할 때와는 조금 다르게 이야기하였다.

"아버님께서 독립하셨다고 하더니, 이제는 이런 것도 만들어?"

수호의 집안에 대해 알고 있는 것인지 이기준이 물었다.

"네, 이건 프로토타입이라 기성 제품을 가공한 것이고, 주문이 들어오면 직접 제작할 것입니다."

수호는 다시 한번 오늘 가져온 것이 프로토타입이라 설명하고는 본격적으로 자신이 가져온 것들을 하나하나 설명하기 시작했다.

"우선 이것부터 설명을 드리겠습니다."

수호가 집어 든 것은 방탄복이었다.

가슴과 등에 방탄판이 들어가 있지 않은 순수한 옷 자체였다.

방탄복은 방탄판이 들어가야 정식으로 방탄복이라 부르고, 이것이 들어가지 않았을 때는 방풍복이라 불렀다.

지금 수호가 들고 있는 것은 정확하게 말하면 방탄복이 아닌 방풍복이었다.

그렇다고 해서 방풍복이 방탄 효과가 없는 것은 아니다.

방풍복을 만들 때 기본적으로 방탄 소재로 만들기에 레벨 2 정도의 방탄 효과를 가지고 있었다.

"시험을 해 보시죠."

수호는 사격 표적지를 붙이는 곳에 방풍복을 붙이고, 심보성과 이기준을 돌아보며 말하였다.

"그래, 그럼……."

이기준은 수호의 말이 떨어지기 무섭게 먼저 나서며 사격장에 비치된 베레타 한 정을 집어 들었다.

베레타는 그가 선호하는 권총으로, 군에 있을 때도 사용하던 것이다.

탕! 탕! 탕!

드르륵.

총을 다 쏜 이기준은 도르래를 돌려 표적지에 붙인 방풍복을 당겨 살펴보았다.

"어?!"

자신이 총을 쏜 방풍복을 살펴본 이기준은 자신도 모르게 큰 소리를 질렀다.

그가 총 쏜 방풍복에는 약간의 흔적은 있지만 뚫린 자국이 하나도 없었다.

아무리 방탄 소제로 짰다고 해도 맞은 자국은 분명 보여야 정상이었다.

하지만 약간의 흔적은 있어도 뚫린 곳은 한 곳도 없었다.

사실 이기준은 방탄복의 약한 부분인 어깨솔이 있는 부분과 옆구리 부분을 사격했다.

이는 방탄복의 기본 소제가 얼마나 잘 제작되었는지 알아보기 위해서였다.

그런데 눌린 자국과 비슷한 흔적은 있어도 관통되지 않았다.

아무리 방탄복이 기본 레벨 2의 성능을 가지고 있다 해도 낮은 부분은 총알에 뚫리기 마련이다.

그럼에도 수호가 가져온 방탄복은 뚫리지 않았다.

"이게 어떻게……."

너무 놀란 이기준은 뒤에서 지켜보는 수호를 돌아보며 물었다.

"질문은 나중에 하고, 이번에는 AK로 시험해 보죠."

수호는 북한군은 물론이고, 중동 테러리스트들의 주력 소총인 AK를 언급했다.

그러고는 테이블에 놓인 방탄 플레이트를 가지고 가서 그것을 방풍복 주머니에 넣었다.

그제야 방풍복은 방탄복이 되었다.

일단 전면부에만 방탄 플레이트를 넣었다.

성능 시험을 위한 것이니 굳이 등 부분까지 넣을 필요는 없었다.

드르륵.

방탄 플레이트까지 결합한 방탄복을 다시 5m 앞으로 떨어뜨렸다.

"시작하시죠."

수호는 시험을 계속하자고 담담하게 말하였다.

그런 수호를 잠시 쳐다보던 이기준은 고개를 끄덕이며, 이번에는 총기 거치대에 있던 AK—47을 가져왔다.

타탕! 타탕!

원래 점사가 되지 않는 AK—47이지만 숙련된 사수인 이기준에게 두세 발씩 끊어 쏘는 것은 어려운 일이 아니었다.

그렇게 삼십 발들이 탄창에 열 발을 넣고 표적지에 붙어 있는 방탄복에 열 발을 모두 쏘았다.

그리고 다시 표적지가 되었던 방탄복을 확인하였다.

이번에는 뒤에서 구경하던 심보성 사장까지 앞으로 나와 그것을 살폈다.

뒤에서 구경을 할 때, 분명 이기준 부장이 쏜 총에 방탄복이 명중하는 것을 보았다.

"헐?"

방탄복을 확인한 두 사람은 누가 먼저랄 것도 없이 경악을 금치 못했다.

지금까지 두 사람이 본 방탄복 중 그 어떤 것도 이런 성능을 보여 주지 못했다.

여러 나라의 특수부대와도 합동 작전을 했기에 각 나라가 가지고 있는 방탄복의 성능을 두 눈으로 보았다.

그중 영국의 SAS와 미군이 사용하던 방탄복이 가장 우수했다.

그도 그럴 것이, 두 나라의 군인들이 사용하던 방탄복의 레벨 4 중에서도 성능이 가장 우수한 것이었기 때문이다.

같은 레벨 4의 방탄복이라도 다 똑같은 것은 아니다.

총알을 막아 낸다고 해도 총알이 가지고 있던 운동에너지를 어떻게 효과적으로 줄여 주느냐에 따라 그것을 입고 있는 군인이 전투를 계속할 수 있느냐, 아니면 전투 불능이 되어 후방으로 빠져야 하느냐, 결정이 나기 때문이다.

이런 점에서 미군이 사용하는 드래곤 스케일은 방탄복 중 최고라 할 수 있었다.

그런데 방금 전 수호가 가져온 방탄복은 지금까지 보면 최고의 방탄복인 드래곤 스케일에 뒤지지 않았다.

직접 입고서 충격 시험을 더 해 봐야 하겠지만 지금까지는 최고였다.

"어떻습니까?"

수호는 놀라고 있는 두 사람의 곁으로 다가가 물었다.

그런 수호의 질문에 이기준은 조용히 엄지를 꺼내 보였다.

4. 드라마 촬영장에 가다

분주한 촬영 현장 속에서 혜윤만 동떨어져 정신을 차릴 수 없었다.

　벌써 NG만 열 번 넘게 하는 바람에 잠시 촬영이 중단되었기 때문이다.

　여자 아이돌로 어느 정도 인지도를 쌓은 플라워즈의 소속사 한빛 엔터는 뭐가 그리 급한 것인지 그룹 활동에 그치지 않고, 벌써부터 끼 있는 멤버들을 드라마와 예능 등으로 활동 영역을 넓히고 있었다.

　그런데 그러한 활동이 단순한 소속사의 욕심만은 아닌 듯, 개인 활동을 하는 멤버들은 각자 진출한 분야에 자질이 있었는지 제대로 자리를 잡아 가고 있는 중이다.

하지만 빛이 밝으면 그림자도 진하다고 했던가.

플라워즈의 그런 활동을 마음에 들어 하지 않는 이들이 있었다.

그런 이들의 방해가 시작되었고, 그 주요 타깃은 플라워즈의 리더인 혜윤에게 집중되었다.

그도 그럴 것이, 다른 멤버들은 방해할 수 있는 조건이 되지 않거나 다른 사람들의 시선 때문에 쉽게 시도하지 못했다.

그에 반해, 혜윤의 경우 개인 활동이 연기이다 보니, 안티들이 활약하기에 꽤나 좋았다.

그 때문에 안티들의 집중 포화를 맞고 있는 그녀는 멘탈이 흔들려 평소에는 대여섯 번 정도밖에 NG를 내지 않았지만, 오늘은 아직 촬영 초반임에도 불구하고 다른 때에 비해 배 이상이나 NG를 내고 말았다.

그러다 보니 처음에는 그녀의 소식을 듣고 걱정해 주던 촬영 팀도 계속되는 NG로 점점 분위기가 바뀌기 시작했다.

안티들의 악플로 인해 현장에서 이렇게까지 멘탈이 흔들린다면 연기하면 안 된다는 것이 그들의 생각이었다.

이런 촬영 스태프들의 생각을 직접적으로 들었다면 이렇게까지 혜윤이 괴로워하지 않았을 것이다.

하지만 그들의 대화를 우연히 듣게 된 뒤로 혜윤은 더욱 멘탈이 나가 버리면서 지금은 잠시 촬영에서 제외되어 버렸다.

멘탈이 완전히 털려 버린 그녀로 인해 촬영이 자꾸만 딜레이되자, 담당 PD가 그녀의 촬영을 뒤로 미루고 일단 진행하기로 했기 때문이다.

그러면서 아직까진 그녀를 어르면서 정신을 수습하고 오라고 하였다.

하지만 그런 담당 PD의 위로도 혜윤의 마음을 되돌리기에는 아직 무리였다.

그만큼 혜윤의 멘탈이 강하지 못했기 때문이다.

어린 시절부터 연예계의 환상을 갖고, 자신도 무대 위에서 빛이 나는 스타가 되겠다며 노력해 온 그녀였다.

그 결과, 부단한 노력 끝에 아이돌 가수가 되어 연예계에 진입하였다.

초기엔 자신을 알리는 것이 조금은 힘들었지만 상관없었다.

혜윤은 운이 좋게도 좋은 선배들을 만나 조언도 듣고, 또 밝은 그녀의 성격이 두루 사람들과 교류하며 관계를 맺어 왔기 때문이다.

하지만 연예계는 모두가 그렇게 좋은 성품만 가지고 있지는 않았다.

겉으로는 미소를 짓지만 언제든지 약점을 드러내면 짓밟으려는 이들이 존재했기 때문이다.

그럴 때면 함께하는 플라워즈 멤버들과 함께 이겨 나갔다.

하지만 지금은 그럴 수가 없었다.

멤버들과 함께하지 못하고 홀로 모든 것을 감당해야 하는 현실이 너무 힘들었다.

특히나 앞에서는 NG를 낸 자신을 위로하듯 하면서, 뒤로는 실수를 욕하는 여자 연기자들의 뒷담화를 듣게 된 뒤론 연기하는 것이 많이 두려웠다.

"혜윤아, 좀 괜찮아?"

플라워즈의 로드 매니저인 김찬성은 현장에서 혼자 떨어져 있는 혜윤을 찾아와 물었다.

자신이 잠시 자리를 비운 틈에 문제가 발생한 것을 뒤늦게 알게 된 찬성이 급히 혜윤을 찾아왔다.

"네……."

괜찮다며 대답하는 그녀였지만, 이를 들은 찬성은 표정이 굳어졌다.

말로는 괜찮다고 하지만 그녀의 상태가 정상이 아님

을 알 수 있었기 때문이다.

'하아, 이를 어쩌지.'

혜윤의 상태를 확인한 찬성은 심각한 표정으로 어떻게 해야 할지 갈피를 잡을 수 없었다.

그도 그럴 것이, 그는 이제 겨우 2년 차에 들어가는 매니저다 보니 자신이 담당하는 연예인을 이럴 땐 어떻게 케어해 줘야 하는지 경험이 부족했다.

만약 플라워즈의 담당 매니저인 박인성 실장이었다면 제대로 된 해결책을 내놓았을 것이지만, 아직까지 노하우가 없는 찬성으로서는 그저 혜윤이 이 시련을 이겨낼 수 있게 옆에서 응원해 줄 뿐이었다.

"어? 여기 있었네?"

혜윤과 찬성이 촬영 현장 구석에서 있는데 누군가가 찾아왔다.

혜윤과 함께 드라마에 출연하는 조연 역의 안현상이었다.

조연이기는 하지만 주연에 가까운 남자 배우로, 극중에선 혜윤이 맡은 배역의 상급자로 나온다.

그러다 보니 그와 함께 촬영을 자주 하였다.

"오셨습니까, 선배님!"

심각한 표정으로 앉아 있던 혜윤은 그가 나타나자 얼른 자리에서 일어나 인사했다.

"뭘 그렇게 굳어 있어."

안현상이 손을 들어, 일어나는 그녀를 제지하며 말했다.

"힘들지? 처음에는 다 그런 거야."

자상한 말로 조금 전의 일을 위로하는 안현상의 말에 찬성의 표정이 살짝 밝아졌다.

NG를 많이 내 혹시 다른 배우들이 혜윤을 싫어하지 않을까 걱정하고 있었는데, 이렇게 그녀를 위로해 주는 선배 배우가 나타나자 적이 안심이 된 것이다.

하지만 혜윤의 표정은 그렇지 못했다.

찬성이 알지 못하지만 사실 현장에서 혜윤이 NG를 많이 내게 된 원인이 바로 앞에서 그녀를 위로하고 있는 안현상 때문이었기 때문이다.

아직까지 연기에 신인이다 보니, 그녀는 대본에 충실하기도 사실 힘들었다.

어찌어찌 튀지 않게 연기를 하고 있는데, 느닷없이 대본에도 없는 애드리브를 치는 그로 인해, 그렇잖아도 안티 때문에 멘탈이 흔들리고 있던 그녀는 정상적인 연기를 기대하는 것이 사실상 어려운 일이었다.

그러다 보니 촬영 중 자꾸만 NG가 났다.

더욱이 애드리브를 하였다면 재촬영 시 똑같은 대사를 해 줘야 함에도 불구하고 다시 들어가는 촬영에 또 다른 사른 대사를 하는 바람에 혜윤을 더욱 힘들게 만들었다.

그렇다고 혜윤이 대사를 받는 것이 힘드니 대본대로 해 달라고 말할 수도 없지 않은가.

담당 PD도 그가 애드리브를 하는 것에 어떤 터치를 하지 않고 있는데 말이다.

연기 경력이 10년 이상이나 되는 안현상에게 이제 겨우 두 번째 작품을 찍고 있는 PD가 조연이라고 함부로 할 수 있는 상대가 아닌 것이다.

"진정이 되었다면 조금 뒤에 촬영한다니, 이번에는 잘해 보자."

안현상은 그렇게 조금 전 혜윤의 실수를 위로하며 등을 두드렸다.

'윽.'

안현상의 위로를 받은 혜윤은 순간 입 밖으로 나오려는 비명을 억지로 삼켰다.

그녀의 등에 손을 대었을 때 순간적으로 소름이 돋았다.

겉으로는 그저 단순한 위로처럼 보였지만, 그의 손이 몸에 닿자 혜윤은 확실하게 느꼈다.

다독이는 척 그녀의 등을 쓰다듬고 지나가는 그의 손길을 말이다.

그의 손길은 낙심한 후배를 위로하는 손길이 아니라, 더러운 욕망을 품은 수컷이 아름다운 여성을 탐하는 듯한 손짓이었다.

"연기자란 어떤 상황에서도 멘탈이 흔들리면 안 되는 것 알겠지?"

마치 모든 것을 알고 있다는 투로 말하는 안현상은 이번에도 격려하는 척하며 그녀의 손을 살짝 잡고 촬영 현장이 있는 곳으로 떠났다.

"하아……."

안현상이 자신의 곁을 떠나자 혜윤은 그제야 참았던 숨을 몰아쉬었다.

마치 차갑고 징그러운 뱀이 온몸을 감싸고 지나간 듯 그녀는 몸이 긴장으로 녹초가 되어 버렸다.

'어? 뭐지?'

너무도 이상한 혜윤의 반응에 찬성은 순간 당황했다.

분명 선배 연기자가 아직 미숙한 신인 연기자를 위로하고 격려하는 모습이었다.

하지만 이를 받아들이는 혜윤의 반응이 이상했다.

"힘들어?"

찬성은 힘들어하는 혜윤을 보며 물었다.

"아니에요. 좀 괜찮아진 것 같아요."

아직까지 컨디션이 좋지 못한 혜윤이었지만 자신을

울트라 코리아

걱정하는 찬성의 모습에 억지로 미소 지어 보이며 괜찮다고 대답하였다.

그렇지만 연기에 대해 잘 모르는 찬성이 보기에도 지금 혜윤의 상태가 좋지 않다는 걸 느꼈다.

'안 되겠다.'

혜윤의 상태가 너무 좋지 않은 것을 느낀 찬성은 특단의 조치를 내려야겠다는 결심을 하였다.

아직까지 혜윤이나 자신의 경력이 촬영 현장에 영향을 끼칠 정도가 아니었기에 직접적으로 어떻게 하겠다는 생각은 하지 않았다.

다만, 혜윤의 컨디션을 조금이나마 돌리기 위해 다른 노력을 하겠다는 결심을 했던 것이다.

*　　　*　　　*

아레스의 지하 사격장에서 수호가 가져온 방탄복의 성능 테스트를 한 이기준은 테스트 결과를 두고 할 말을 잃었다.

"어떻습니까?"

수호는 자신이 가지고 온 방탄복을 한참 동안 살피고 있는 이기준과 심보성에게 물었다.

"허허, 이게 정말 사실이야?"

"이건 미군이 사용하고 있는 드래곤 스킨보다 더 대단한데."

직접 방탄복을 입고 총에 맞아 본 이기준이 엄지를 척 내밀며 소리쳤다.

자신이 AK—47을 방탄복에 쏴 보긴 했지만 직접 입고 그것을 맞는 것에 약간의 두려움이 있었기에 AK가 아닌 권총으로 시험을 했다.

물론, 권총이라고 해서 처음 그가 쐈던 베레타가 아닌 그보다 강력한 44구경 매그넘 권총으로 5m에서 테스트를 하였다.

그 결과는 대성공이었다.

44구경 매그넘은 5m에서라면 충분히 AK에 필적할 만한 파괴력을 가지고 있기에 방탄복의 방어력을 테스트하는데 충분했다.

그런데 이런 시험을 하고 이기준이 엄지를 내민 이유는 다름 아니었다.

매그넘탄을 맞은 반동으로 뒤로 날아가기는 했지만, 그 충격 대미지는 이기준이 충분히 제어 가능한 정도였다.

즉, 피격을 당하더라도 충분히 전투가 가능하다는 소리다.

그렇기에 이기준은 수호의 질문에 미군이 사용하는

최고 레벨의 방탄복인 드래곤 스킨보다 더 뛰어나다 말했던 것이다.

"설마 이것들도 방금 전 그것들과 동급의 성능을 가지고 있는 것인가?"

심보성 사장이 테이블에 놓인 다른 장구류를 들어 보이며 물었다.

수호는 방탄복뿐만 아니라 헬멧과 무릎 보호대와 정강이 보호대도 가져왔다.

그것을 심보성 사장이 들어 보며 물었던 것이다.

"물론이죠. 그것들이 한 세트입니다."

수호는 굳이 설명하지 않아도 알 것 아니냐는 투로 대답하였다.

그도 그럴 것이, 동급의 방호 플레이트를 사용한 제품이니 당연한 이치였다.

하지만 수호의 대답을 들었다고 해서 심보성 사장은 그냥 넘기지 않았다.

이번에는 자신이 직접 성능 테스트를 해 보기로 하고는 헬멧을 들고 사격장 한쪽에 놓인 더미의 머리 위에 헬멧을 씌웠다.

그렇게 방탄복에 이어 헬멧과 무릎 보호대 등 부속 방탄 제품들을 시험하였다.

수호가 가져온 방탄 제품들 모두 테스트를 마친 심보

성 사장은 그 성능에 감탄하였다.

"이것들 가격은 얼마나 하나?"

민간군사기업(PMC)를 운영하는 사람이다 보니, 이런 방탄 제품에 관심을 보이는 것은 어쩌면 당연한 일이다.

더욱이 수호가 가져온 것은 미국에서도 대외 판매가 금지된 최첨단의 방탄 제품인 드래곤 스킨에 뒤지지 않는, 아니, 그보다 더 뛰어난 성능을 보이는 방탄복을 보았으니 그런 반응은 당연했다.

"일단 그건 조금 뒤에 하기로 하고, 마지막으로 이것을 한번 보시지요."

수호는 자신이 가지고 온 것 중에서 유일하게 아직 테스트하지 않은 물건인 스프레이를 집어 들었다.

그런 수호의 행동에 심보성이나 이기준은 의아한 표정을 지어 보였다.

방금 전까지 방탄복과 그에 딸린 장구류들을 테스트하였는데, 느닷없이 스프레이를 집어 들자 의아한 표정을 지었던 것이다.

"그건 뭔가?"

"호신용 스프레이 같은데 그건 뭐 하러?"

심보성과 이기준은 방탄복과 함께 들어 있던 조그만 스프레이를 그저 호신용으로 생각했다.

"부장님 작업복하고 비슷한 것 하나 있습니까?"

수호는 스프레이에 대해 물어보고 있는 이기준을 돌아보며 물었다.

갑자기 호신용으로 보이는 스프레이를 들어 보이더니 작업복을 달라는 수호의 물음에 고개를 갸웃거렸다.

하지만 일단은 필요하니 달라고 하는 것이라 판단하고, 사격장 뒤쪽 로커로 가서 여분의 옷을 하나 들고 나왔다.

"여기……."

"감사합니다."

이기준이 전해 준 옷을 받아 든 수호는 그것을 테이블 위에 놓고 들고 있던 스프레이를 뿌렸다.

치익! 치익!

골고루 빠짐없이 꼼꼼히 이중 삼중으로 스프레이를 뿌리는 수호의 모습을 이기준과 심보성은 조용히 지켜보았다.

수호가 스프레이를 뿌리는 모습을 지켜보던 이기준은 작업을 멈추자 무슨 일인가, 궁금해 물었다.

"지금 뭐 하고 있는 거야?"

"하하, 잠시만 기다리세요."

수호는 궁금하여 질문하는 이기준에게 그렇게 대답하고는 뿌려 둔 스프레이가 마를 시간이 되자 다시 한번 그런 작업을 세 번에 걸쳐 반복하였다.

그렇게 모든 작업이 끝나자 그것을 처음 이기준이 방풍복 사격 테스트를 할 때처럼 표적지에 걸었다.

'흠……'

'아.'

스프레이를 옷에 뿌리고 몇 번 그렇게 작업한 뒤 표적지에 거는 모습을 지켜본 심보성과 이기준은 지금 수호가 무엇을 하려는지 깨달았다.

"설마……"

두 사람은 자신도 모르게 생각하던 것을 입 밖으로 꺼냈다.

도저히 상상도 못 했던 것이 떠올랐기 때문이다.

누구나 꿈에서 생각해 볼 법한 그것을 지금 수호가 선보이려 하는 것이다.

탕! 탕!

수호가 쏜 9㎜ 권총탄은 정확하게 표적지에 걸려 있는 옷에 명중하였다.

"어?"

"헐!"

하지만 총알은 관통이 되지 않고 옷에 그대로 박혀 있었다.

이기준이 준 옷은 결코 방탄 성능이 있는 옷이 아닌,

그저 일반적으로 입고 다니는 T셔츠였다.

그런데 그것이 수호가 뿌린 스프레이로 몇 차례 코팅을 했다고 방탄 성능을 가지게 된 것이다.

"어떻습니까? 괜찮죠?"

수호는 별거 아니란 듯 뒤돌아 두 사람에게 의향을 물었다.

하지만 방금 전 놀라운 광경을 목격하게 된 심보성과 이기준은 할 말을 잃었다.

"저희 SH화학에서는 방탄복뿐만 아니라 이렇게 일반 옷감을 방탄 소재로 만들어 줄 수 있는 스프레이도 개발하였습니다. 이것을 일반 차량이나 기존의 방탄 차량에 도포한다면 조금 더 향상된 방탄 효과를 누릴 수 있을 것입니다."

방탄 스프레이의 성능 테스트를 마친 수호는 그렇게 방탄복에 이어 방탄 스프레이도 홍보하였다.

"이거 전부 얼마야?"

아레스의 사장인 심보성 사장보다 이기준 부장이 먼저 물었다.

모든 물건 구입의 최종 결재권자는 사장인 심보성이지만, 직원들의 안전을 위해 장구류를 구매하는 실무자는 이기준이었기에 그가 물건들의 가치를 알고 소리쳤던 것이다.

"협상은 이런 칙칙한 곳이 아닌 밝은 데에서 하죠."

이미 두 사람은 자신이 가져온 물건들을 구매할 의향이 다분하다는 걸 깨달은 수호는 느긋하게 협상하기 위해 자리를 옮길 것을 건의하였다.

"그, 그래. 이런 곳보단 사무실에서 하는 것이 정상이지."

심보성은 얼른 수호의 말을 받아 자신의 사무실로 향했다.

"가시지요."

수호도 그런 심보성 사장의 말에 동조하며 뒤를 따랐다.

그런데 이때 수호의 왼쪽 손목에서 전화벨 소리가 울렸다.

쿵쿵. 따따!

플라워즈의 노래 소리가 벨소리로 입력되어 울렸던 것이다.

"먼저 올라가시죠. 전 잠시 전화 좀……."

"그래, 얼른 올라오라고."

심보성은 수호의 이야기에 바로 대답하고 먼저 사무실로 올라갔다.

"여보세요."

"부장님, 말씀하신 자료 가져왔습니다."

강희윤(혜윤)은 굳은 표정으로 손에 들고 있는 서류철을 안기준(안현상) 부장에게 넘겼다.

자신의 심부름으로 자료실을 다녀온 희윤이 넘긴 서류철을 받곤 안기준이 왼쪽 입꼬리를 살짝 올리며 미소를 지었다.

"그만 나가 봐."

"네, 시키실 일이 있으시면 또 불러 주십시오."

나가 보라는 안기준의 말에 희윤은 절도 있게 인사하고 사무실을 나갔다.

"컷! OK!"

극 중 강희윤 역을 하던 혜윤이 사무실을 나가기 무섭게 컷 사인이 떨어졌다.

"좋았어! 이제 좀 정신을 차린 것 같군."

드라마 복수초의 메인 PD인 정준수는 조금 전까지 NG를 유발하던 혜윤이 촬영을 무사히 마치자 칭찬을 하였다.

메인 PD의 칭찬에도 현장 분위기는 전혀 나아지지 않았다.

오전과 오후 촬영 내내 실수를 유발해 시간이 길어지게 만든 혜윤 때문에 현장 스태프들의 표정이 좋지 않았기 때문이다.

"자자, 이 기세로 바로 신 C—13 촬영 준비하세요."

정준수 PD는 다음 촬영 신 준비를 지시하였다.

그러자 스태프들이 빠르게 촬영 장비를 C—13 세트장으로 옮겼다.

바로 옆에 세워진 세트였지만 촬영 카메라의 무게가 무게이다 보니 쉬운 일은 아니었다.

＊　　　＊　　　＊

부우웅!

잘빠진 진홍색 스포츠카가 JTV 드라마 복수초 촬영장으로 들어섰다.

드라마 촬영이 한창인 곳이었지만 굉장히 아름다운 스포츠카가 현장에 들어서자 몇몇 사람들이 그것을 바라보았다.

"와 씨, 저거 람보르잖아!"

촬영장에 들어선 스포츠카는 이탈리아의 명품인 람보르사의 우라노스였다.

차량 가격만 4억을 호가하는 비싼 명품 말이다.

"저거 우리나라에는 아직 정식으로 수입되지 않았다고 했는데⋯⋯."

우라노스를 알아본 사람이 있었는지, 그는 아직 그 차는 한국에 공식적으로 들어오지 않았다고 말했다.

"야, 수입이 되지 않았는데, 어떻게 저게 눈앞에 있냐?"

옆에서 듣고 있던 다른 사람이 말도 되지 않는다며 그 사람을 타박하면서도 너무 황홀한 우라노스의 차체에서 눈을 떼지 못했다.

한편, 차를 몰고 드라마 촬영 현장에 도착한 수호는 한쪽에 마련되어 있는 주차장에 우라노스를 파킹하고 플라워즈의 매니저인 김찬성에게 전화를 걸었다.

다른 사람들이 차에서 내린 자신을 빤히 쳐다보거나 말거나 신경도 쓰지 않고 본인의 할 일만 하는 수호였다.

"여보세요, 찬성 씨."

수화기 너머로 컬러링이 끝나기도 전에 전화를 받는 소리가 들리자, 수호는 얼른 김찬성의 이름을 불러 댔다.

두 달 전에 사건이 있던 날, 서로 전화번호를 교환했기에 플라워즈의 매니저인 김찬성과 통화하는 것은 어렵지 않았다.

"알겠습니다. 그곳으로 가겠습니다."

복잡했기 때문에 마중 나오겠다는 것을 제지하고 직접 촬영장으로 찾아가겠다고 말하며 통화를 끝냈다.

사실 처음 오는 촬영장이지만 자신에게는 그 어떤 길 안내 프로그램보다 뛰어난 슬레인이 있기에 김찬성이 나오려는 것을 거절했던 것이다.

수호는 주차장에 차를 파킹하기도 전에 이미 김찬성의 위치를 알아 둔 상태다.

그러니 굳이 그가 이곳 주차장까지 올 필요는 없었다.

통화를 마치고 2분 정도 걷자 드라마 촬영을 하는 세트장이 그의 눈에 들어왔다.

*　　　*　　　*

드라마 복수초의 촬영장은 실내에 지어진 세트였다.

"부탁을 들어주셔서 감사합니다."

수호가 나타나자 김찬성은 얼른 그에게 다가와 인사를 하였다.

사실 수호와 한빛 엔터는 아무 관계도 아니다.

그럼에도 자신의 부탁을 들어주어 이곳 촬영장까지 와 준 수호가 너무도 고마웠다.

"아닙니다. 이것도 인연인데 혜윤이 촬영에 힘들어한다면 도와야죠."

자신이 무인도에 조난을 당했을 때, 자신의 구조 신호를 발견하고 야생의 법칙 촬영 팀을 자신이 있던 무인도로 안내한 사람이 바로 플라워즈의 리더인 혜윤이었다.

그래서 그런지 수호는 혜윤과의 인연이 정말 남다르게 느껴졌다.

한 번은 혜윤의 도움을 받아 무인도에서 탈출을 했고, 두 번째 만남에서는 반대로 위험에 처한 그녀와 그녀가 속한 플라워즈를 위기 속에서 자신이 구해 주었다.

어떻게 보면 서로 어려움에 처했을 때, 한 번씩 도움을 주고받았다.

그러니 샘샘이지 않는가, 라고 생각할 수도 있지만 수호는 그렇게 생각하지 않았다.

물론, 그녀의 도움이 아니었더라도 무인도에서의 탈출은 가능했다.

다만, 시간이 조금 더 오래 걸렸을 뿐이겠지만 말이다.

하지만 외계인에 의해 초인이 된 수호였어도 망망대해에서 자력으로 탈출하여 사람들이 있는 섬을 찾는 것은 결코 쉬운 일이 아니었다.

아무리 초인이라 하더라도 인간인 이상, 바다 한가운데에서 길을 잘못 들어 엉뚱한 곳으로 가게 된다면, 겨우 바다 깊은 해저 동굴에서 빠져나와서도 아사할 수 있었다.

그렇게 생각하면 자신이 준 도움은 별거 아닐 수도 있는 일이다.

더욱이 그때는 서로 연락처도 교환하지 않고 헤어졌었다.

그저 우연한 인연으로 도움을 받았으니 나중에 자신의 형편이 풀리면 한 번 찾아가야지 생각했는데, 아주 뜻밖에도 깡패들에 의해 위협을 받고 있던 그녀를 구할 수 있었다.

그 때문에 수호는 그것이 자신과 혜윤 사이에 보이지 않는 인연의 끈이 있는 것은 아닌가 하는 생각을 하게 되었다.

그러면서 스스럼없이 다가오는 그녀나 플라워즈 멤버들이 싫지 않았다.

그래서 당시 매니저들과도 연락처를 교환했다.

서른 살이나 되는 자신이 괜히 이제 스무 살도 되지 않은 아가씨들과만 연락처를 교환하는 것은 자칫 이상하게 보일 수 있었기 때문이다.

더욱이 그녀들은 아이돌이 아니던가. 그래서 매니저들과 연락처를 교환하면서 자신이 도울 일이 있으면 연락하라고 하였다.

그런데 그동안 연락이 없었고, 자신 또한 그녀들과 혹은 매니저들과도 연락을 하지 않았다.

플라워즈나 매니저들은 각자 일이 있으니 그랬고, 수호 또한 연구할 것이 있어 그동안 연락을 하지 않다가 1주 전에 플라워즈와 통화를 했다.

필리핀의 무인도에서 조난을 당했을 때 SBC의 간판 예능인 야생의 법칙에 발견되고 거의 한나절을 함께 촬영한 부분이 방영이 된 것을 보았는지 물어보기 위해서였다.

당시 자신은 아버지 회사에 줄 물건을 연구하느라 방송은 신경도 쓰지 않았다.

뒤늦게 자신이 너무 무심했다는 것을 깨달은 수호는 급한 일만 마치면 플라워즈에게 선물이라도 해 주겠다는 생각을 했었다.

그런데 이렇게 매니저인 김찬성에게서 연락이 먼저 올 줄은 몰랐다.

더욱이 요즘 안티들의 악성 댓글 때문에 혜윤이 힘들어한다는 이야기를 들었을 때는 자신이 가진 능력으로 그 악플러들을 혼내 줄까도 생각했다.

수호가 생각하기에 정말이지 익명이란 가면 뒤에 숨어 타인을 비방하는 악플러들은 사회의 악이라 생각했다.

사회를 좀먹는 그런 악플러들 때문에 자신과 인연이 있는 혜윤이 힘들어한다는 사실에 화를 참으려 부단히 노력해야 했다.

그래서 김찬성이 촬영장으로 와서 힘들어하는 혜윤을 좀 위로해 줄 수 없냐는 부탁에 흔쾌히 승낙하고 하던 협상을 마무리하고 바로 이곳 복수초 촬영장으로 왔던 것이다.

수호는 자신을 부른 김찬성과 조용히 혜윤이 연기하는 것을 지켜보았다.

예민한 그의 감각에 혜윤이 무척 불안정한 모습이 포착되었다.

그리고 그 불안의 원인이 특정 인물 때문이란 것도 알 수 있었다.

'무슨 일이지?'

불과 두 번밖에 만나 보진 못했지만 다른 사람과 이야기할 때 혜윤은 밝고 긍정적인 아가씨였다.

그런데 지금 촬영을 하고 있는 혜윤은 수호가 생각하던 사람이 아니라 무언가에 두려움을 가진 존재로 비쳤다.

마치 맹수 앞에 놓인 위태위태한 어린 사슴 같았다.

"컷! OK!"

수호가 혜윤의 연기를 가만히 지켜보고 있을 때 PD의 컷, 소리가 들렸다.

웅성웅성!

컷 소리와 함께 잠시 촬영이 중단되고 촬영장이 분주해졌다.

겨우겨우 정신을 차리고 연기를 했던 혜윤은 본능적으로 자신의 안식처인 김찬성 매니저가 있는 곳으로 왔다.

이는 자신을 이상한 눈빛으로 쳐다보는 안현상과 있기 싫어서였다.

보통 촬영 신이 끝나면 혜윤과 같은 신인들은 선배 연기자들과 함께하면서 연기에 대한 이야기를 하며 배운다.

그렇지만 현재 혜윤은 선배인 안현상이 자신을 이상한 눈빛으로 보고 있는 것이 너무 싫고, 또 징그러웠다.

악플러들의 악성 댓글을 보는 것만으로도 스트레스를 받는데, 그의 눈빛을 보며 온몸에 뱀이나 거머리가 꿈틀거리고 지나가는 것만 같아 싫었던 것이다.

그래서 현장에서 가장 편한 자신의 편이라 할 수 있

는 김찬성의 곁으로 온 것이다.

"어? 삼촌!"

김찬성이 있는 곳으로 오던 중 혜윤은 자신을 보며 웃는 수호에게 더욱 빠르게 걸어왔다.

"언제 오셨어요?"

그리고 겉으로는 자신과 나이 차이가 얼마 나지 않는 것처럼 보이는 수호에게 스스럼없이 삼촌이라 부르며 품에 안겼다.

그런 혜윤의 당돌한 모습에 평소라면 김찬성이 호통을 치며 떼어 냈겠지만, 오늘 혜윤의 상태가 어떤지 잘 알고 있던 그인지라 아무런 말도 하지 않았다.

아니, 수호로부터 안정을 찾는 혜윤을 보곤 잘 불렀다는 생각을 하였다.

한편, 촬영장에 있던 사람들은 갑자기 소리를 지르며 뛰어가더니, 잘생긴 청년의 품에 안기는 혜윤을 보고 깜짝 놀랐다.

지금까지 한 번도 스캔들이나 부적절한 루머가 없던 혜윤이 젊은 청년의 품에 안기는 모습에 놀랐던 것이다.

'누군데 저렇게 안기는 거야?'

'와 진짜, 얌전한 고양이 부뚜막에 먼저 오른다더니, 저년도 마찬가지네.'

혜윤이 수호의 품에 안기는 모습에 수호의 정체에 대해 궁금해하는 부류가 있는가 하면, 부정적인 이미지로 그녀를 욕하는 사람들도 있었다.

그중 혜윤이 아닌 수호를 죽이고 싶을 정도로 노려보는 이가 있었다.

자신을 누군가가 주시하는 듯한 느낌을 받은 수호는 자연스럽게 자신의 품에 안긴 혜윤을 떼어 내며 주변을 살펴보았다.

그리고 촬영 스태프들 사이에 자신을 죽일 듯 노려보는 안현상의 얼굴을 확인했다.

하지만 곧 자신을 부르는 혜윤의 목소리에 시선을 돌려 그녀를 바라보았다.

"삼촌, 어쩐 일이냐니까요."

혜윤은 불쌍한 고양이처럼 눈을 동그랗게 뜨며 물었다.

"응, 하던 일이 일단락되어 시간도 남는데, 마침 네가 드라마 촬영을 한다는 이야기를 듣고 구경 왔다."

수호는 대답하면서 살짝 김찬성을 쳐다보았다.

그런 수호의 반응에 어떻게 된 건지 알게 된 혜윤은 자신의 매니저인 김찬성을 보며 눈으로 고마움을 표했다.

자신이 수호를 좋아하는 것을 알면서도 자신이 힘들

어하자 그를 불러 준 찬성에게 정말 고맙다는 생각을 하였다.

보통 여자 아이돌을 관리하는 매니저라면 이성과의 만남을 필사적으로 막았겠지만, 김찬성은 그러지 않았다.

오히려 본인이 연락하여 다른 사람들이 있는 곳으로 불렀다.

자칫 이 일이 플라워즈나 혜윤에게 안 좋은 이미지를 만들 수도 있는 일인데, 그런 것을 생각지 않고 수호를 불러 줬던 것이다.

하지만 이곳에서 그걸 겉으로 표현할 수는 없었다.

연예계에서는 만약에 약점을 다른 사람에게 보이면 한순간에 나락으로 떨어질 수 있기 때문이었다.

드라마 촬영 현장이라지만 어떤 사람이 있을지 몰랐다.

오늘 현장 스태프들은 물론이고, 몇몇 연기자들은 자신을 좋아하지 않는 분위기였기 때문에 더욱 신경을 써야만 했다.

더욱이 자신이 좋아하는 삼촌은 연예인이 아닌 일반인이지 않은가?

"우와! 한빛에 이렇게 잘생긴 배우가 있었나?"

언제 다가왔는지 드라마의 메인 PD인 정준수가 물었다.

"아, PD님 오셨습니까?"

잘생긴 수호의 얼굴을 본 정준수 PD는 사람의 시선을 끄는 수호의 외모에 반해 정식은 아니더라도 카메오로 그를 자신의 드라마에 잠깐 출연시키고 싶었다.

"찬성 씨, 이 사람 한빛 소속이야?"

정식 배역은 아니더라도 잘생긴 미남은 드라마의 흥행 몰이에 영향을 줄 수 있기에 거듭 김찬성에게 한빛 소속 연예인인지 물어보았다.

"아, 아닙니다. 이분은 혜윤 씨가 삼촌이라 부르는 정수호 씨입니다."

"아!"

한빛 엔터와는 관계없는 혜윤의 지인이란 말에 정준수 PD는 안타까운 탄성을 질렀다.

연예인이 아닌 일반인이라는 김찬성의 대답에 너무나 아까웠던 것이다.

만약 수호가 한빛 엔터 소속이라면 혜윤을 빌미로 해한 빈 촬영하고 싶었는데, 아쉽기만 했다.

"그런데 나이가 비슷해 보이는데 삼촌이라고?"

겉으로 보기에 수호와 혜윤은 비슷한 나이로 보였다.

혜윤이야 분장 때문에 본인 나이보다 조금 더 들어 보이기는 하지만, 수호와 별 차이가 있어 보이지 않았다.

그런데 삼촌이라 소개를 하니 놀랐다.

"혹시 지난주에 방영된 야생의 법칙을 보셨습니까?"

방송국 PD가 얼마나 바쁜데 TV를 보겠는가.

그것도 같은 방송국도 아닌, 다른 방송국의 예능을 말이다.

그런데 정준수 PD는 비록 그것을 보지 못했어도, 몇몇 스태프들은 그것을 보았던 듯했다.

"어! 야생의 법칙 존잘남!"

"꽃미남 조난자!"

스태프들 속에서 수호를 알아본 사람이 방송 직후 수호에게 붙은 닉네임을 큰 소리로 말했다.

불과 일주일 전이었기에 몇몇 사람들이 그 소리에 반응을 보였다.

그도 그럴 것이, 야생의 법칙 사상 처음으로 무인도에 조난을 당한 사람을 만났고, 그가 한국인이며 또 엄청나게 잘생긴 미남이었기 때문이다.

그래서 야생의 법칙은 순식간에 검색어 순위에 오르고, 더불어 수호의 이름도 함께 올랐다.

그 순위는 사흘간이나 검색 순위 20위 내에 랭크되었다가 사라졌다.

"호, 우리 스태프들이 알 정도면 단순한 일반인은 아닌가 보군."

정준수는 잠시 소란이 일고 있는 그들을 돌아보다 그렇게 중얼거리며 다시 한번 수호와 혜윤을 가만히 바라보았다.

5. 미친개

촬영장의 분위기가 바뀌었다.

혜윤의 잦은 실수 때문에 좋지 않았던 분위기가 수호의 출현으로 뒤바뀌었던 것이다.

수호가 유명 연예인은 아니지만, 그는 사람들의 관심을 끌어들이는 스토리가 있었기 때문이다.

그동안 혜윤이 NG를 내던 원인이 악플러들과 음흉하게 쳐다보는 안현상 때문에 생긴 불안이었는데, 호감을 갖고 있는 수호가 자신을 보러 왔다는 그것 하나만으로 스트레스가 해소되었다.

그러다 보니 혜윤의 연기가 훨씬 안정적으로 바뀌면

서 NG는 사라졌다.

물론, 혜윤의 실수가 없다고 해서 촬영 중 NG가 나오지 않는 것은 아니었다.

혜윤의 NG가 사라지자 이번에는 함께 출연하고 있는 안현상이 실수를 연발했다.

어떻게든 혜윤을 꼬시기 위해 갖은 수를 다 사용해 혜윤을 극단으로 몰아가던 그는 자신의 의도가 막 성공을 거두기 직전, 수호의 출현으로 수포로 돌아간 것에 화가 났다.

그런 상태에서 연기를 하다 보니, 그의 연기는 카메라에 과하게 비춰질 수밖에 없었다.

평소의 안현상이라면 절대로 그런 실수를 하지 않았을 것이다.

하지만 누가 봐도 미남인 수호를 보고, 또 혜윤이 그의 곁에서 떨어지지 않는 모습에 화가 나서 자신의 상태를 인지하지 못했다.

자신이 주연은 아니지만 현장에서 가장 연기 경력이 길고 또 잘났다고 생각하던 그는 사람들의 관심이 연기자도 아닌 수호에게 쏠려 있는 것이 마음에 들지 않았다.

그러다 보니 연기에 힘이 들어가면서 실수가 발생하게 된 것이다.

본인은 분명 흥분을 가라앉혔다고 생각하지만, 기계인 카메라는 모든 것을 보이는 그대로 잡아냈다.

평소 촬영장에서 제 잘난 맛에 꼰대질을 하던 안현상이었는데, 그것을 보면서도 복수초 출연진이나 스태프들은 아무런 불만도 이야기할 수가 없었다.

그 이유는 바로 안현상이 연기 경력이 많은 선배였기 때문이다.

하지만 이렇게 연기에 실수를 연발하자 분위기가 바뀌었다.

오전에는 혜윤이 실수를 연발하면서 NG를 내는 바람에 현장의 분위기가 늘어지더니 혜윤이 정신을 차리고 촬영에 임하자, 이번에는 베테랑인 안현상이 NG를 연달아 내며 분위기를 망쳤다.

그 때문에 촬영 현장의 분위기는 온탕과 냉탕을 번갈아 가며 진행되고 있었다.

"컷! 촬영 끝!"

정준수 PD는 마지막 촬영 신의 촬영을 겨우겨우 마쳤다.

"수고하셨습니다."

마지막 촬영을 마치고 혜윤은 얼른 자신과 함께한 배우들과 인사를 나누고, 또 세트장을 빠져나오면서 정준수 PD와 촬영감독, 그리고 스태프들을 보며 수고했다는 인사를 하였다.

예정 시간보다 오래 걸리긴 했지만 그래도 계획된 촬영을 마쳐 그나마 다행이었다.

만약 후반까지 안현상의 분량이 남아 있었더라면, 날을 꼬빡 새우고도 촬영은 끝나지 않았을 수도 있었다.

그나마 다행인 것이 안현상의 오후 촬영분이 오전에 많이 해결되었기 때문에 그나마 이 시간에 촬영이 끝날 수 있었다.

"삼촌, 아직도 계셨어요?"

촬영을 마치고 돌아온 혜윤은 아직까지 촬영장에 남아 있던 수호를 보고 놀라 물었다.

오후 2시가 조금 넘어 이곳에 왔던 수호가 저녁 8시가 다 되어 가는 지금까지 남아 있는 것에 놀랍고, 또 자신을 기다려준 것에 감사함을 느꼈다.

"이왕 왔으니 저녁이라도 함께 먹으려 했는데……."

시간을 체크한 수호가 말끝을 흐리며 김찬성 매니저를 돌아보았다.

여자 아이돌은 회사에서 엄격한 식단 통제를 받고 있다는 걸 들었기 때문이다.

"정말이요?"

저녁을 함께 먹으려 했다는 수호의 말에 혜윤은 자신도 모르게 놀라 큰 목소리로 말했다.

그 때문에 잠시 사람들의 시선을 받기는 했지만 혜윤은 상관없었다.

다른 것은 그녀의 눈에 전혀 들어오지 않았기 때문이다.

"음……."

김찬성은 잠시 고민하였다.

컨디션이 떨어진 혜윤의 기운을 북돋아 주기 위해 수호를 부른 것은 자신이었다.

하지만 그 후로 어떻게 대처하느냐에 따라 자신이 담당하는 혜윤의 이미지가 결정되는 것이다.

더욱이 주변에 보는 시선들이 많기에 더욱 신중한 판단을 내려야만 했다.

"지금쯤이면 다른 아이들도 스케줄을 마치지 않았을까?"

수호는 김찬성이 무엇을 고민하는지 잘 알고 있기에 다른 플라워즈 멤버들을 언급했던 것이다.

'아, 다른 멤버들과 함께라면 오해를 받지 않겠구나.'

자신이 고민하는 부분을 긁어 주는 수호의 언급에 고마운 마음이 들었다.

여기서 자신이 수호의 호의를 거절하는 것은 기껏 이곳까지 와서 기다려준 수호에 대한 예의도 아니란 생각에 그러면 되겠다는 판단을 내렸다.

"그럼, 되겠네요. 잠시만 기다려 봐."

앞에 말은 수호를 보며, 그리고 뒤에는 플라워즈의 담당 실장인 박인성에게 허락을 받기 위해 전화 걸기 전 혜윤에게 이야기하였다.

김찬성은 박인성에게 지금 상황을 말하기 위해 급히 자리를 떠났다.

둘만 남게 된 혜윤과 수호는 잠시 자리를 떠나는 김찬성 매니저의 뒷모습을 지켜보다 다시 대화를 시작하였다.

하지만 두 사람의 대화를 금방 다른 방해꾼으로 인해 중단되었다.

"뭔데 길을 막고 있어!"

느닷없이 호통 치는 소리에 대화는 중단이 되고 사람들의 시선이 쏠렸다.

혜윤과 이야기하는 도중 옆에서 들린 소리에 고개를 돌린 수호는 그의 눈에 얼굴이 붉게 달아오른 안현상이 보였다.

"뭡니까?"

수호는 자신을 향해 흥분해 화를 내고 있는 안현상을 보면서도 차분하게 물었다.

"못 들었어? 관계자도 아니면서 왜 촬영장에 나타나

길을 막고 있는 거야!"

안현상의 말은 전혀 말이 되지 않는 억지였다.

수호가 방송 관계자는 아니지만 일반인이라고 해서 이곳에 들어오지 못할 이유는 없었다.

물론, 막아섰다면 굳이 이곳에 들어오지는 않았겠지만, 자신이 촬영장에 들어오는 것을 막는 사람이 없었기에 안현상이 이것을 두고 말할 이유는 없었다.

"제가 못 올 곳이라도 온 겁니까?"

조금 기가 막힌 일이었지만 수호는 이에 굴하지 않고 조곤조곤 물었다.

하지만 자신만의 오기로 똘똘 뭉친 안현상은 자신의 말에 토를 달고 있는 수호의 태도를 절대로 받아들일 수 없었다.

아니, 이미 처음부터 수호에게 시비를 붙이기 위해 접근한 것이니, 더욱 흥분하며 쏘아붙였다.

더욱이 혜윤이나 그 매니저인 김찬성과 자연스럽게 대화하는 모습을 지켜보며 수호도 한빛 엔터 소속 신인 연기자나 가수가 아닐까 하는 생각을 했기에 이런 막무가내 행동을 할 수 있던 것이다.

"한빛 엔터의 신인 같은데, 넌 회사에서 그런 것도 교육받지 못한 거냐?"

이제는 숫제 눈을 아래로 내리깔며 타박을 하였다.

이를 듣고 있던 수호는 참으로 어처구니가 없었다.

자신은 처음 보는 사람이기에 존중의 의미로 말을 조심하고 있는데, 상대는 전혀 그런 기미가 보이지 않았기 때문이다.

이쯤 되면 굳이 앞에 있는 사람을 존중해 줄 필요성을 느끼지 못했다.

"당신, 나 알아?"

"뭐, 뭐? 당신?"

이제 겨우 20대 초반으로 보이는 수호가 자신을 향해 반말을 하자 한 번도 이런 경험이 없던 안현상은 순간 기가 막혀 말을 더듬었다.

"나보다 연장자인 것 같고, 또 내게 큰 도움을 준 혜윤이 함께 일하는 사람이기에 존중을 하려고 했는데, 이건 뭐……."

수호는 말을 하다 말끝을 흐렸다.

눈앞의 안현상 때문에 화가 나 그만 판단한 대로 대응했다가 주변에서 들린 작은 웅성거림에 정신을 차리고 말을 멈췄던 것이다.

하지만 그렇다고 판단을 바꿀 이유가 없다는 생각이 들자 그대로 이야기를 이어 갔다.

"난 조금 전에 이야기한 대로 연예계와는 별로 연관 없는 사람이야. 당신이 얼마나 대단한 사람인진 난 잘

울트라 코리아

몰라."

수호는 주연급이 아니지만 상당한 인지도를 쌓아 조만간 주연급 연기자로 자리매김할 안현상을 알지 못하기에 자신의 생각을 그대로 말했다.

"그렇지만 이건 잘 알고 있지. 아무리 나이가 자신보다 적더라도 초면에 반말하는 것은 교양이 있는 사람이할 짓이 아니라고 말이야."

자신의 할 말을 마친 수호는 아무런 감정도 실리지않은 무심한 눈빛으로 안현상을 쳐다보았다.

"뭐? 무슨 이런 미친놈이 다 있어!"

감히 자신을 무시하는 듯한 수호의 말에 안현상은 기가 막혀 이제는 주변도 인식하지 못하고 수호에게 미친놈이란 욕까지 하였다.

"음, 말할 때는 신중하게 단어를 선택하고 하는 것이좋을 거야."

미친놈이란 소리까지 듣게 되자 수호의 눈빛이 차갑게 변했다.

비록 자신이 대단한 사람은 아니란 생각을 갖고 있지만, 그렇다고 미친놈이란 소리를 들어 가면서까지 애써화를 참을 생각은 없었다.

차가운 경고에 순간 안현상은 소름이 돋았다.

지금까지 살아오면서 이 정도로 소름이 돋아난 적은

한 번도 없었다.

다만, 비슷한 경험이라면 20대 중반 한창 연기의 맛에 빠져 겁이 없던 시절, 강남의 한 술집에서 조폭을 만났을 때 한 번 비슷한 경험을 한 적이 있었다.

자신이 찜한 여자를 웨이터가 다른 룸으로 데려가는 것을 보며 홧김에 따라갔었다.

그때 그곳에서는 조폭들이 파티를 하고 있었다.

만약 그때 자신을 알아본 사람이 없었더라면 아마 지금의 안현상은 없었을 것이다.

조폭에게 술집 뒷골목으로 끌려가 한참을 두들겨 맞고 풀려나긴 했지만 당시 깡패들에게 지시를 내리던 조폭의 포스는 아직도 안현상에게는 트라우마로 남아 있었다.

지금이야 그때의 트라우마를 극복하고 또 그것을 연기로 재연까지 할 정도가 되었지만 그 당시만 해도 한동안 집에서 두문불출하며 지냈다.

혹시나 자신을 두들겨 팬 깡패들이 다시 자신을 찾아오지는 않을까 하는 걱정 때문이었다.

그 때문에 당시 조금만 더 노력했으면 바로 주연급으로 오를 수 있었는데, 시기를 놓치는 바람에 지금의 자리에 만족하고 있는 중이다.

그런데 지금 그때의 트라우마를 뛰어넘는 차가운 경

고를 들은 안현상은 순간 할 말을 잃었다.

"음."

안현상은 너무도 차가운 나머지, 사람의 형상을 한 무언가의 경고를 들은 듯한 느낌에 신음을 흘렸다.

그런데 이렇게 두려움에 침습을 당하고 있는 안현상을 구하는 소리가 있었다.

그 목소리의 주인은 바로 안현상의 매니저였다.

"형님, 늦었습니다."

뭔가 안현상이 문제를 일으킬 것 같아 불안하던 그의 매니저가 얼른 대화가 멈춘 사이에 끼어들며 그를 불렀다.

"어, 어. 알았어, 가자."

차가운 수호의 눈빛에 겁을 먹은 안현상은 그렇게 매니저의 부름에 대답하고는 얼른 촬영장 밖으로 뛰어갔다.

"풋!"

촬영장 내에서 언제나 무게를 잡던 안현상이 허겁지겁 달아나는 모습에 이를 지켜보던 혜윤은 자신도 모르게 헛웃음이 터졌다.

그리고 자세한 내막을 듣지 못해 알 수는 없으나, 안현상이 평소의 성격대로 일반인인 수호에게 꼰대질을 하다 무언가에 놀라 꼬리 만 강아지처럼 도망치는 모습을 본 사람들 역시 혜윤과 비슷한 반응을 보였다.

그러면서 조금 전 안현상의 모습을 보며 동료들과 떠들었다.

그렇게 느닷없이 나타나 혼자 북 치고 장구 치던 안현상이 수호의 경고에 놀라 달아나고 얼마 지나지 않아 박인성 실장과 통화를 마친 김찬성이 돌아왔다.

"마침 다른 아이들도 스케줄 마치고 오는 길이라고 합니다. 실장님께서 자리를 잡으면 다시 연락을 주시기로 하였습니다. 가시지요."

돌아온 김찬성이 통화했던 내용을 간단히 언급을 하며 앞장섰다.

그렇게 세 사람은 차가 주차되어 있는 주차장으로 향했다.

그러다 수호가 타고 온 진홍색의 스포츠카를 본 혜윤이 소리쳤다.

"찬성 오빠!"

"왜?"

"나, 가는 동안 삼촌 차 타고 갈게!"

"뭐?"

혜윤의 이야기를 들은 찬성은 기가 막혔다.

타고 가도 되냐는 질문이 아닌 타고 갈게, 라며 통보하는 것이 아닌가.

하지만 이미 수호의 스포츠카에 눈이 돌아간 혜윤에겐 그 어떤 것도 귀에 들어오지 않았다.

"삼촌, 이거 정말로 삼촌 차 맞아요?"

수호의 우라노스에 접근한 혜윤은 늦은 시간에도 주차장의 조명으로 붉게 빛나고 있는, 잘빠진 우라노스의 차체에 반한 나머지 새된 소리를 내며 흥분하였다.

그런 혜윤의 반응에 수호나 찬성은 할 말을 잃었다.

"와! 정말로 예뻐요."

혜윤은 너무도 멋진 우라노스의 바디에 손도 대지 못하고 감탄을 하며 소리쳤다.

"이거 우라노스 맞죠? 이탈리아의 명차 람보르 사의 우라노스."

수호는 혜윤의 물음에 순간 깜짝 놀랐다.

그가 타고 있는 우라노스는 국내에 정식으로 수입되고 있는 차가 아니었다.

그럼에도 우라노스를 알아보는 혜윤의 말에 놀라지 않을 수 없었다.

여자들은 대체로 차에 대해 잘 알지 못한다.

잘빠진 2인승 차를 보고 그저 스포츠카 혹은 비싼 차 정도로 인식하지, 정확하게 그 형태를 보고 차종을 알아맞히지는 못하는 것이 대부분이다.

차에 대해 관심이 많고 또 공부를 하지 않고서야 제

조사까지 알지는 못한다.

그런데 밝은 대낮도 아니고, 어스름 속에 비슷하게 생긴 다른 스포츠카도 있는데 정확하게 차종을 맞히는 혜윤의 상식에 놀랐다.

"혜윤이 차에 대해 관심이 많은가 보네?"

수호는 잠시 놀랐지만 금방 넘기고 물어보았다.

"네, 저 돈 벌면 이렇게 예쁜 차 탈 거예요."

혜윤은 반짝이는 눈으로 우라노스를 보며 그렇게 대답했다.

"그래?"

자신의 질문에 너무도 당당한 그녀의 대답에 수호는 다시 한번 놀랐다.

이제 겨우 스무 살, 아니, 해가 지났으니 스물한 살이 된 젊은 아가씨가 당찬 포부를 드러내는 것에 수호는 그녀를 다시 보게 되었다.

'제법이네.'

당찬 그녀의 모습에 혜윤을 다시 돌아보게 되었다.

마냥 어리게만 보았는데 그게 아니었다.

사람은 아무런 계획이나 목표 없이 그냥 살아가는 사람들이 대부분이라 할 수 있다.

그런데 이제 스물한 살이 된 혜윤은 그렇지 않았다.

뚜렷한 자신만의 목표가 있고, 또 돈을 벌어 어떻게

쓰겠다는 계획도 있었다.

그것을 보며 어쩌면 자신보다 낫다는 생각이 들었다.

"찬성 씨, 괜찮다면 혜윤이는 제가 태워서 가면 어떻겠습니까? 나중에 이걸 사겠다는데 미리 한 번 태워 주죠."

당돌한 혜윤의 말에 수호는 그녀의 매니저인 찬성에게 물었다.

"하, 알겠습니다. 그럼 절 잘 따라오세요."

혜윤의 반응을 보니 절대로 물러나지 않겠다는 모습을 보였다.

그러니 그녀를 말릴 수 없다고 판단한 김찬성은 그렇게 대답할 수밖에 없었다.

"호호, 그럼 출발!"

김찬성의 말이 떨어지기 무섭게 그녀는 잽싸게 우라노스의 보조석에 앉으며 소리쳤다.

'허어, 참⋯⋯.'

평소와 다르게 너무도 재빠른 혜윤의 모습에 김찬성은 허탈한 표정을 지울 수가 없었다.

*　　　　*　　　　*

안현상은 촬영장을 빠져나온 뒤 조금 전 자신이 느낀

공포와 모멸감에 휩싸였다.

쿵! 쿵!

차에 오른 뒤 자꾸만 떠오르는 조금 전 상황에 화가 나 앞좌석의 등받이 부분에 주먹질을 하였다.

"윽."

괜한 의자에 화풀이를 해 봐도 돌아온 것은 고통뿐이다.

"젠장."

손에 느껴지는 고통에 손을 감싸며 소리쳐 봐도 고통은 나아지지 않았다.

"형님, 진정 좀 하세요."

분위기가 이상해 안현상을 현장에서 데리고 나온 전상현이 조심스럽게 말을 걸었다.

하지만 이미 꼭지가 돌아 버린 그에게는 그런 말이 귀에 들어오지 않았다.

아니, 만만한 것이 홍어 거시기라고 자신보다 한참이나 어려 보이는 수호에게 기가 죽어 쪽이 팔려 버린 그가 그때는 아무 말도 못 하더니, 자신을 구해 준 전상현에게 화풀이를 하였다.

"이 새끼야! 넌 뭔데 나한테 이래라저래라 해!"

퍽!

안현상이 신경질을 부리며 전상현의 뒤통수를 세게

때렸다.

"윽!"

느닷없는 폭력에 전상현은 비명을 질렀다.

'씨팔!'

평소에는 제 잘난 맛에 기분만 맞춰 주면 별문제가 없는데, 술을 마시거나 조금 전처럼 촬영 현장에서 자신의 마음대로 되지 않을 때면 이렇게 자신을 상대로 화풀이, 아니, 폭력을 행사하는 안현상이 마음에 들지 않았다.

그렇지만 목구멍이 포도청이라고, 이런 폭력만 아니면 그런대로 괜찮은 연예인이다.

전상현은 매니저를 하면서 많은 연예인을 담당했었다.

그중에는 정말 착한 연예인도 있고, 또 안현상처럼 폭력적인 연예인도 있었다.

또 자신의 잘못을 매니저의 탓으로 떠넘기는 파렴치한 연예인도 있어, 솔직히 전상현에게 연예인이란 돈벌이 수단 그 이상도, 이하도 아니었다.

그저 자신이 맡게 될 연예인이 조금은 정상적인 사람이길 바랄 뿐이었다.

그도 그럴 것이, 착해 빠진 연예인이 겉으로는 매니저가 편해 보이겠지만 그렇지 않았다.

사람이 좋다 보니 다른 사람들의 부탁을 거절하지 못했다.

그러다 보니 그 사람을 담당하는 매니저로서는 관리가 힘들어진다.

연예 기획사는 절대 자선 사업가가 아니다.

그렇기 때문에 돈이 되지 않는 행사나 스케줄을 일절 잡지 않는다.

물론, 이미지가 필요할 때면 예외적으로 스케줄을 잡기도 하지만, 그건 1년에 한 번 정도에 지나지 않는다.

그 외의 스케줄은 돈과 관련이 되기에 만약 소속 연예인이 그러한 스케줄을 임의로 가져온다면 화는 전적으로 담당 매니저에게 돌아오게 된다.

매니저는 기획사에서 붙여 준 직원일 뿐이다.

그러니 회사에 이득이 되게끔 연예인을 컨트롤해야 하는 것이다.

그런데 착해 빠진 연예인이라고 해서 자존심이나 성격이 없는 것은 아니다.

아니, 그런 사람들이 더 예민하고 고집이 있었다.

그 때문에 전상현은 회사와 연예인 사이에 끼어 양쪽에 치이다 보니 매니저를 그만두었다.

그러다 다른 기획사에 들어가 다시 매니저 일을 하게 되었다.

울트라 코리아

먹고 살기 위해서 어쩔 수 없이 경력직으로 들어간 것이다.

이번에는 진상인 연예인을 만났다.

처음 자신이 맡았던 연예인과는 질적으로 전혀 다른 사람이었다.

팬들에게 보일 때는 언제나 밝게 웃으며 미소를 보이지만 뒤돌아서서는 갖은 악담을 다하는 존재였다.

더욱이 팬에게도 그러한데 담당 매니저는 어떻겠는가.

자신이 경력직 매니저로 바로 채용된 이유를 알게 해준 사람이었다.

그 뒤로 몇 명의 연예인들을 거쳐 지금의 안현상을 만나게 되었다.

그는 폭력만 아니라면 충분히 감당할 수 있는 사람이었다.

그러니 가끔은 월급 이외의 용돈도 주기에 폭력에도 불구하고 계속 붙어 있을 수 있는 것이다.

하지만 오늘은 그 정도가 심했다.

그러니 자연스럽게 속으로 욕이 나왔다.

"어, 저 새끼 뭐야?"

전상현의 뒤통수를 때리고 씩씩거리던 안현상은 창밖으로 보이는 광경에 작게 중얼거렸다.

그의 눈에 수호와 혜윤이 차에 함께 타는 것이 보였기 때문이다.

물론, 두 사람의 곁에 혜윤의 매니저인 김찬성이 있었지만, 그의 눈에는 들어오지도 않았다.

그저 잘빠진 스포츠카 곁으로 걸어오는 수호와 혜윤의 모습만 보일 뿐.

찰칵!

해맑게 웃고 대화를 하면서 걸어오는 두 사람의 모습이 언뜻 보기에 다정한 연인들 같아 질투에 눈이 먼 안현상은 자신도 모르게 사진을 찍었던 것이다.

'그렇단 말이지.'

자신이 호감을 보이며 신호를 보내는 데도 자꾸 피하는 것이 신경에 거슬렸는데, 알고 보니 자신에게 보이지 않던 미소를 다른 사람에게 보내자 질투를 느꼈다.

'감히 네가 날…… 어디 어떻게 되나 두고 보자!'

찰칵! 찰칵!

뭔가를 계획하는 것인지 안현상은 계속해서 수호와 혜윤 몰래 촬영을 하였다.

그러고는 조금 전 화풀이를 했던 전상현에게 알고 있는 기자의 전화번호를 물었다.

"너 연예팩트 김 기자 연락처 좀 불러 봐."

안현상은 연예계에 근거 없는 루머를 마구 뿌리고 다

니는 연예팩트의 김종근 기자의 전화번호를 부르라며 소리쳤다.

"형님, 이건 아닙니다."

김종근 기자의 전화번호를 말하라는 안현상의 말에 놀란 전상현이 소리쳤다.

다른 연예부 기자도 많은데 하필 연예팩트의 김종근 전화번호를 요구하는 것에 깜짝 놀랐다.

김종근에게 당한 적이 있으면서 그의 이름을 언급하는 안현상으로 인해 오늘 그가 정상이 아님을 깨달았다.

연예팩트 김종근과 연관이 되어 잘된 사람은 없었다.

그것이 그가 기사를 쓴 연예인이나, 그와 모종의 관계를 맺고 경쟁자를 나락으로 떨어뜨린 사람이나 모두가 불행의 구렁텅이로 떨어졌다.

그에 반해, 수많은 루머로 연예인을 나락으로 떨어뜨린 김종근은 지금도 무사했다.

기사를 그럴듯하게 쓰는 것은 물론이고, 또 자칫 법적으로 걸리는 내용은 '~한 소문이 있다'라는 식으로 기사를 써 교묘하게 빠져나갔다.

그러다 보니 연예 기획사나 엔터테인먼트 등에서는 최대한 김종근과 엮이지 않기 위해 노력하고 있었다.

그런데 지금 안현상이 귀신에게라도 썬 것인지 지금

연예계의 저승사자라 불리는 김종근을 언급했던 것이다.

"김종근과 얽혀서 잘된 사람이 없습니다."

전상현은 정색하며 안현상을 말려 보았다.

하지만 이미 질투에 눈이 돌아간 안현상의 귀에는 자신을 진정시키려는 전상현도 방해꾼으로 보이는 듯했다.

"뭐야, 이 새끼야!"

퍽퍽!

자신의 말을 무시하고 말리려는 전상현에게 주먹을 휘둘렀다.

"윽!"

안현상의 폭력을 견디지 못한 그가 비명을 지르며 차 문을 열고 밖으로 뛰쳐나갔다.

그런 후 저 멀리 달아나 실장에게 전화를 걸었다.

지금 안현상이 벌이려는 일을 알리기 위해서다.

"너 돌아오지 못해!"

매니저가 자신의 손길을 피해 도망치자 안현상이 그 뒤로 고함을 쳤다.

그런데 소리가 얼마나 컸는지 촬영을 마치고 퇴근하려던 다른 연예인들과 보조 출연자들의 시선이 그에게 몰렸다.

그러거나 말거나 안현상은 도망친 매니저를 잡기 위해 차 밖으로 나와 전상현이 달려간 방향으로 쫓아갔다.

한편, 막 차에 오르려던 수호와 혜윤은 느닷없는 고함에 놀라 소리가 난 곳으로 고개를 돌렸다.

그리고 얼마 떨어지지 않은 곳의 차에서 내려, 도망가는 전상현에게 돌아오라며 소리치고 쫓아가는 안현상의 모습을 보았다.

"저 사람 TV에서는 그렇지 않은데, 자신의 사람을 저렇게 험하게 다루다니…… 조심해야겠다."

수호는 막 보조석에 타려다 난리가 난 곳을 보고 있는 혜윤을 돌아보며, 조심하라는 말을 하였다.

"네, 그렇지 않아도 좀 이상한 사람이라 생각하고 있었어요."

띠 동갑도 넘는 나이 차이에도 불구하고 자꾸만 자신에게 치근덕거리는 안현상 때문에 얼마나 고민을 했던가.

한참 차이 나는 경력 때문에 자신의 고충을 다른 사람에게 말할 수도 없었는데, 오늘 촬영장에서나 조금 전 자신의 매니저에게 고함지르는 모양새를 보니 없는 정도 떨어졌다.

"삼촌, 우리 그냥 가요."

더 볼 것도 없다는 생각에 얼른 퇴근하자고 종용했다.

잘빠진 우라노스를 탄다는 기대감이 안현상을 보며 살짝 반감되기는 했지만, 그래도 대한민국에 공식적으로 수입이 되지 않은 스포츠카를 타 본다는 흥분은 가시지 않았다.

그러니 빨리 우라노스를 타고 약속 장소로 가고 싶어졌다.

그런 혜윤의 말에 수호도 더 이상 안현상은 신경 쓰지 않고 차에 올랐다.

"그래, 이만 출발하자."

수호는 그렇게 차에 올라 주차장을 빠져나왔다.

*　　　　*　　　　*

"호오? 이게 뭐야?"

기삿거리를 찾아다니던 김종근은 갑자기 울린 핸드폰을 보다 눈을 동그랗게 떴다.

핸드폰에 토포 메일이 몇 장 올라와 있는데, 요즘 한창 주가를 올리고 있는 여자 아이돌 그룹 플라워즈의 리더 혜윤이 있었다.

한데 옆에 잘생긴, 어떤 젊은 남자와 함께 차에 타고

있는 모습도 있었다.

"이거 플라워즈의 혜윤 아니야?"

사진 속 인물 중 여자의 정체를 알아낸 김종근이 눈을 반짝였다.

뭔가 음모를 꾸밀 때 드러나는 그의 버릇이었다.

"함께 있는 남자는 모르겠지만, 타고 있는 차를 보니 잘사는 집의 도련님 같군."

혜윤이 타고 있는 차량은 연예인들이 애용하는 종류의 차가 아니었다.

주로 부자들, 그것도 젊은 층에서 주로 타는 스포츠카라는 것을 보고, 또 운전을 하는 수호의 모습을 보며 확신을 가졌다.

정체를 알 수는 없지만 젊은 재벌 3세 내지는 4세가 여자 아이돌을 돈으로 사서 즐기는 것이라 확신했다.

그런 그의 생각은 남자의 얼굴이 남자가 봐도 잘생긴 외모인데, 연예계에 전혀 알려지지 않았기 때문이다.

더불어 남자가 몰고 있는 차가 흔히 알려진 스포츠카가 아니기 때문이기도 했다.

대한민국에도 수많은 명품 스포츠카가 돌아다닌다.

하지만 수호가 몰고 있는 우라노스는 아직까지 대한민국에 정식으로 수입되지 않았다.

그렇다고 그런 차들이 돌아다니지 않는 것도 아니다.

돈이 많은 재벌들은 자신들이 타고 싶은 차가 공식으로 판매되지 않더라도 어떻게든 구해 타고 다닌다.

그러다 기자들에게 포착되어 세간에 알려지는 경우가 종종 있다.

그런 것을 따져 보면, 지금 그가 보고 있는 사진 속 차량도 같은 경우일 것이고, 그것을 유추해 보며 운전하고 있는 남자도 그런 재벌과 연관이 있을 것이라는 판단을 내렸다.

물론, 재벌과 직접적으로 엮이면 자신도 좋지 않을 걸 알지만, 이제 막 떠오르는 아이돌을 나락으로 떨어뜨릴 수 있다는 그릇된 욕망이 그의 뇌리를 가득 채워 갔다.

'후후, 남자의 얼굴을 모자이크 처리하면 되겠군.'

재벌들은 자신들의 정체가 밝혀지지만 않으면, 문제가 발생해도 별로 크게 반응하지 않는다.

그들이 움직일 때는 정체가 밝혀졌을 때뿐이지, 그전까지는 먼저 나서지 않는 재벌들의 속성을 알기에 김종근은 비릿한 미소를 지으며 사진을 노려보았다.

*　　　*　　　*

특종 단독 입수 - 떠오르는 여자 아이돌의 일탈.

떠오르는 신인 여자 아이돌 그룹 플라워즈, 그녀들의 인기 비결은…… 플라워즈의 리더 혜윤(20)은 JTV의 월화 드라마 복수초에 강희윤 역을 맡아 연기에 도전하고 있다. 하지만 익명의 제보에 의하면, 캐스팅 과정에서 불협화음이 흘러나왔다고 한다. 그리고…… 촬영 현장서 찍힌 사진을 보면 이 둘의 관계가 심상치 않다고 전해진다. (연예팩트 김종수)

페미사랑: 이년 내 이럴 줄 알랐서. 방송에서 실실 처웃는 것 보면 어린것이 이미 여러 남자하고…….

여초장군: 맞아. 내가 플라워즈 년들과 연습생을 함께했던 아는 언니에게 들은 말인데, 그년들 다 밤에 숙소에 남자 불러서……. 장난도 아니었대.

얌전한고야이: 드디어 터지는구나! 별 볼 일 없는 조그만 기획사에서 어떻게 플라워즈 같은 인기 그룹이 나오나 했더니.

꽃의수호자: 아직 정확하게 밝혀진 것도 아닌데, 무슨 이런…….

혜윤사랑: @페미사랑 기사가 누가 쓴 건지나 제대로 확인하고 댓글을 올려라! 루머공장 연예팩트잖아. 그것도 아니 팬 굴뚝에 소설 쓰는 김종근.

수정러브: @여초장군 진짜 닉값한다. 님 고소미!

혜윤아빠: 플라워즈 안티들 여기 다 몰렸네. 캡처했습니다. 악플러들 고소미 먹을 준비하시길⋯⋯.

느닷없이 올라온 인터넷 기사 하나에 수많은 댓글이 달리면서 기사는 순식간에 레이버 검색 순위에 올랐다.

떠오르는 인기 아이돌 그룹 플라워즈의 리더에 관한 내용이었기 때문이다.

그것도 독자들로부터 무한한 상상을 하게 만드는 자극적인 내용을 담고 있기에 이를 접한 사람들은 기사 내용만 보고 갖가지 본인만의 상상을 펼쳤다.

그러다 보니 억측이 난무하며 플라워즈의 리더인 혜윤과 얼굴이 모자이크 처리된 남자와의 관계에 대해 여러 가지 추측이 춤을 추었다.

연예팩트의 김종근이 상상하던 재벌가 자손과 떠오르는 여자 아이돌의 불장난으로 몰아가는 이들이 있는가 하면, 그보다 더 나아가 플라워즈가 지금의 인기를 누리게 된 것이 차를 몰고 있는 남자가 힘을 써서 그렇다는 등 온갖 소설을 써 나갔다.

물론, 기사를 본 모든 사람이 그렇게 생각하는 것은 아니다.

몇몇 팬들이 기사 내용을 반박하며 혜윤에 대한 실드를 치고 있었지만, 평소에도 플라워즈의 기사에 질투를 느끼던 다른 아이돌 그룹의 팬들이 혜윤은 물론이고, 플라워즈 전체를 욕하기 시작하였다.

그러다 보니 아무리 팬들이 실드를 친다고 해도 화력에서 밀렸다.

하지만 혜윤과 플라워즈 멤버들은 기사가 올라온 그 시각, 이런 사고가 터진 줄도 모르고 수호와 함께 강남의 모처에서 저녁을 먹고 있었다.

6. 기자회견

저녁 9시가 넘어가는 시각.

야근 때문에 아직 퇴근을 하지 못한 한빛 엔터의 홍보부는 느닷없이 걸려 오는 전화로 비상이 걸렸다.

"아닙니다. 저흰 그런 적 없습니다."

"김 기자님, 왜 이러십니까? 저희는 스폰 받는 곳 없습니다."

연예 기획사를 운용하면서 스폰을 받지 않는 곳이 없음을 잘 알면서도, 암묵적으로 하는 것이지 드러내 놓고 받지는 않았다.

그런데 갑자기 전화를 건 기자가 '너희 기업에서 스

폰을 받고 있지?' 하며 묻는다고 바로 네, 라고 대답하
지는 않는다.

"하, 시팔…… 누구야? 어느 놈이 사고를 친 거야!"

한빛 엔터의 홍보실장인 황현희는 갑자기 터진 사고
로 고함을 질렀다.

따르릉!

방금 전에 전화를 끊고 고함을 지르던 황현희는 다시
자신의 앞에 있는 전화기가 울리자 재빠르게 받았다.

"여보세요. 한빛 엔터 홍보부 실장 황현휩니다."

화가 나긴 했지만 전화가 걸려 왔는데 거기에 대고
화를 낼 수는 없었기에 얼른 목소리를 가다듬고 말했
다.

"조 기자님, 우리 한빛입니다. 상황을 잘 아시면서 그
런 허무맹랑한 이야기를 믿습니까?"

서울일보 조 기자에게서 걸려 온 전화였다.

한빛 엔터와는 손을 잡고 있는 기자였다.

비록 한빛 엔터가 작은 기획사이기는 하지만, 아는
기자가 한 명도 없지는 않았다.

이는 물과 물고기처럼 연예부 기자 한 명 정도는 자
신들에게 유리한 기사를 써 줄 곳이 있어야 원활하게
기획사를 운용할 수 있기 때문이었다.

지금 걸려 온 서울일보의 조문기 기자가 바로 홍현희

에게는 그런 존재였다.

"아니, 그게 무슨 소립니까? 증거가 있다뇨?"

황현희는 황당한 소리에 순간 목소리가 높아졌다.

"아니 제가 조 기자님께 화를 내는 것이 아니라, 전혀 근거가 없는 이야기라 너무 황당해서 그러는 것 아닙니까?"

전화기 너머 조문기 기자의 성난 목소리에 황현희가 재빨리 변명을 했지만, 순간적으로 이상한 생각이 들었다.

증거가 있다는 이야기에 설마 정말로 자신이 모르는 스폰을 플라워즈의 리더 혜윤이 받고 있는 것은 아닌가, 하는 의심이 들었다.

다른 연예부 기자들과 다르게 조문기 기자가 자신에게 거짓말할 이유가 없었기 때문이다.

때 되면 기름칠을 하고, 또 플라워즈에게 뭔가 이슈가 있으면 가장 먼저 그에게 연락을 하여 다른 기자들보다 빠르게 정보를 전달하고 있는데, 굳이 의가 상할 일을 할 이유가 없었다.

"정말 저도 모르는 일인데, 증거가 있으시다 하니 내한 번 위에 알아보고 정확한 정보를 조 기자님께 먼저 드리겠습니다."

딸칵!

조 기자와 전화 통화를 끝낸 황현희는 얼른 플라워즈의 담당 실장인 박인성에게 전화를 걸었다.

잠깐 연결음이 들리더니 바로 받는 것이 느껴졌다.

"박 실장, 어디야!"

황현희 홍보실장의 목소리는 결코 좋지 못했다.

혹시나 자신이 모르는 일이 진행되는 과정에서 사고가 터진 것은 아닌가, 하는 점 때문이었다.

연예 기획사를 운영하다 보면 스폰과 스캔들이 없을 수가 없었다.

그렇기에 홍보부가 있고, 자신이 있었다.

다만 자신이 모르는 곳에서 벌어지는 일까지 직접 감당할 생각은 없었다.

그래서 자세한 상황을 알기 위해 사건의 당사자를 담당하는 박인성 실장에게 연락했던 것이다.

하지만 전화를 받은 박인성 실장은 너무도 태연했다.

— 아니 실장님, 무슨 일로 그렇게 화가 나 계십니까?

소속은 다르지만 직장 후배인 박인성이 황현희에게 조심스럽게 물었다.

"아니, 지금이 어느 땐데 그렇게 한가하게 물어! 지금 어디냐니까?"

너무도 태연하게 자신이 화난 이유를 모르겠다며 역

으로 질문하는 박인성의 목소리에 황현희는 잠시 머뭇거리다 재차 물었다.

그제야 심각한 문제가 발생한 것을 느꼈는지 박인성이 어디 있는지 대답하였다.

— 예, 지금 아이들과 저녁 먹고 있습니다.

"저녁? 거기 플라워즈 전부 있는 거야? 혜윤이까지?"

혹시 지금 사고가 터진 혜윤도 함께 있는지를 물었다.

대한민국 연예부 기자들은 현재 플라워즈의 리더 혜윤이 젊은 남자와 연애를 하고 있는 게 맞는 거냐는 전화를 하고 있었다.

그런데 태평하게 저녁을 먹고 있다고 하자 혜윤의 행방도 확인을 하려는 것이다.

— 물론이죠.

"그럼, 거기 누구누구 있는 거야?"

— 저하고 플라워즈 매니저들, 그리고 전에 이야기했던 정수호 씨가 함께 먹고 있습니다. 저녁은 정수호 씨가 전에 혜윤이 도움을 준 것에 대한 보답으로 플라워즈하고 저희들까지 사 주시는 겁니다.

박인성은 플라워즈 멤버들은 물론, 그에 속한 매니저들까지 다 함께 저녁을 먹고 있던 이유를 설명하였다.

"그럼, 무슨 재벌가 스폰을 받거나 그런 것은 아닌 거지?"

혹시나 자신도 모르는 스폰을 받고 있는 것은 아닌가 하는 확인을 받기 위해 물어보았다.

— 아니 지금 플라워즈가 어느 상태인데 스폰을 받습니까? 요즘 인기가 상승하니 파리들이 들끓어 있던 스폰도 조심할 판에……

박인성은 아이돌 그룹을 만들기 위해 받고 있던 스폰도 끊은 마당에 회사 몰래 스폰을 받고 있는 게 아닌지 의심하는 황현희의 물음에 황당해했다.

— 실장님, 정 의심이 되시면 잠시 통화 끝내고 영상 통화로 하시죠.

그렇게 인성은 전화를 끊고 바로 영상 통화를 걸었다.

곧바로 영상 통화를 걸어오는 박인성 실장의 행동에 황현희는 자신이 실수한 것이 아닌가 하는 생각이 들었다.

플라워즈와 관련된 문제에선 칼 같은 박인성 실장의 성격을 알기 때문이었다.

자신이야 혹시나 하는 생각에 한 질문이지만 정신을 차리고 보니 그의 말이 맞았다.

플라워즈는 더 이상 스폰을 받을 필요가 없었다.

물론, 스폰이 더 들어온다면 회사 입장에서 나쁠 것은 없다.

그렇기에 회사에 들어오는 스폰들을 가려서 받고 있는 중이다.

"알았어. 확인되었으니 그만 끊어. 참, 박 실장도 연예팩트 뉴스 좀 보고 어떻게 할지 연락 줘."

정황을 확인한 황현희는 그렇게 박 실장에게 사과 아닌 사과를 하고, 무엇 때문에 자신이 그런 행동을 취했는지 이유를 설명했다.

"여보세요. 조 기자님."

박인성 실장과 통화를 마친 황현희는 서울일보의 조문기에게 전화를 걸었다.

"이야기가 어떻게 와전되었는지 잘은 모르겠지만, 사진 속 혜윤과 함께 있던 사람의 정체는……."

서울일보의 조문기 기자와 통화를 마친 황현희는 연신 걸려 오는 전화에 시달리는 직원들을 보며 소리쳤다.

"그만! 각 신문사에 내일 기자 회견을 하겠다고 알리고 코드 뽑아!"

황현희는 특단의 조치를 내리고 바로 한빛 엔터의 사장인 한광희에게 전화를 걸었다.

"사장님 다름이 아니라……."

한편, 홍보실장인 황현희와 통화를 마친 박인성은 그가 말한 대로 연예팩트의 뉴스를 살펴보았다.

＊   ＊   ＊

강남의 유명 고깃집의 특실에는 아홉 명의 남녀가 시끌벅적하게 식사를 하고 있었다.

2++ 등급의 소고기만 전문으로 하는 식당으로, 1인분(150g)에 6만 원이나 하는 아주 비싼 곳이라 플라워즈 멤버들은 한 번도 와 보지 못한 곳이었다.

그래서 그런지 플라워즈 멤버들은 고기 접시가 비워지기 무섭게 계속하여 고기를 추가하였다.

"삼촌, 여기 엄청 맛있어요."

입 안 가득 고기를 씹고 있던 혜리는 급히 그것을 넘기며 수호에게 맛있다고 소리쳤다.

"야, 정혜리. 아이돌이 그렇게 먹으면 안 돼!"

고기의 핏물이 다 제거되기도 전에 불판에서 고기를 낚아채는 그녀의 모습에 찬성이 소리쳤다.

하지만 피 맛을 느낀 맹수가 고기에 달려들듯 혜리는 물론이고, 플라워즈 멤버들은 누구 하나도 매니저들의 눈치를 보지 않고 불판 위의 고기를 빠르게 집어 갈 뿐이었다.

이 때문에 매니저들은 할 수 없이 음식값을 내기로 한 수호의 눈치를 보며 제대로 먹지도 못했다.

"하하, 잘 먹으니 보기 좋네요."

수호는 너무나 잘 먹는 플라워즈 멤버들을 보며 중얼거렸다.

"언니, 언니도 어서 먹어 봐. 여기 고기 정말로 맛있어."

수호의 눈치를 보며 앞에 놓인 고기를 깨작깨작 먹고 있는 혜윤을 본 크리스탈이 소리쳤다.

그런 크리스탈의 목소리에 순간 혜윤은 당황해하던 동작을 멈추고 수호를 돌아보았다.

호감이 가는 이성 앞에서 조신하게 보이고 싶은 게 여자라면 당연할 것이다.

그런데 그것도 모르고 크리스탈이 평소처럼 이야기하는 모습에 당황했다.

솔직히 지금 동생들이 게걸스럽게 고기를 흡입하고 있는 모습이 너무도 창피했다.

그렇지만 그런 동생들을 뭐라고 하고 싶지도 않았다.

솔직히 수호만 자리에 없었더라면 그녀 또한 비슷한 모습을 보였을 것이기 때문이다.

여러 방송에 출연하며 인기가 올라간 것은 좋았지만 그로 인해 안티들도 많아졌다.

예전에 인기가 별로 없을 때는 악플도 별로 달리지 않아 차라리 악플이라도 관심이라 생각해 더 많이 달렸으면 하고 바라기도 했다.

누군가 말했던가.

무플보단 악플이 낫다고 말이다.

하지만 그건 악플에 시달려 보지 않았기에 태평한 소리를 하는 것이다.

악플은 그것을 보는 사람으로 하여금 많은 스트레스를 유발시킨다.

그로 인해 상당한 사람들이 극단적인 선택을 하기도 해 뉴스에 나왔다.

자신이 당하지 않을 때는 별로 와닿지 않았지만, 지금으로선 확실하게 말할 수 있었다.

차라리 아무 댓글도 달지 말라고 말이다.

그렇게 악플에 시달리고 스트레스에 빠져들고 있을 때, 수호가 나타나 저녁을 사 주니 플라워즈 멤버들은 먹는 것으로 스트레스를 풀겠다는 것인지, 아니면 악플을 쓴 것이 눈앞에 놓인 고기들이라고 생각하는 것인지 고기가 불 위에서 핏기만 가셔도 그것을 가져다 물고 뜯고 맛보고 있었다.

그러니 그것을 가지고 뭐라고 하고 싶진 않았다.

덜컹!

회사에서 온 전화 때문에 잠시 자리를 떴던 박인성 실장이 돌아왔다.

그리고 다시 전화기를 들어 누군가와 통화를 하더니 특실 안을 한 바퀴 둘러보았다.

'무슨 일 있나?'

수호는 박인성 실장의 이상한 행동에 고개를 갸웃거렸다.

"무슨 일 있습니까?"

심각한 표정이 된 박인성 실장을 보며 조심스럽게 물었다.

"아, 별거 아닙니다."

박인성은 대수롭지 않게 말하였지만 통화를 마치고 자리에 앉았으면서도 식사엔 관심을 보이지 않고 핸드폰을 들고 뭔가를 검색하는 모습이 눈에 들어왔다.

"슬레인, 지금 무슨 일이 벌어지고 있는지 알아봐."

수호는 다른 사람들이 듣지 못할 정도로 작은 목소리로 슬레인에게 지시를 내렸다.

[알겠습니다.]

수호의 왼팔에 있는 스마트 워치에서 작게 신호가 왔다.

[주인님, 알아냈습니다.]

긍정적인 슬레인의 신호에 수호는 잠시 자리에서 일

어났다.

"잠시 볼일이 생각나서……."

수호는 화장실에 가는 것처럼 자리에서 일어나 주변에 양해를 구하고 밖으로 나갔다.

그런 수호의 행동에 그를 주시하고 있던 혜윤이 밖으로 나가는 수호의 등을 쳐다보다 박인성 실장에게 물었다.

통화를 마치고 방으로 들어온 박인성의 모습에서 심각한 일이 벌어졌음을 본능적으로 느낄 수 있었기 때문이다.

예전부터 촉이 좋은 그녀였기에 자신과 연관된 일이 아닌가 하는 느낌도 들었다.

"실장님, 무슨 일 있죠?"

혜윤은 조심스럽게 뭔가를 확인하고 있는 박인성 실장에게 물었다.

"음…… 너 기사 떴다."

"네? 기사요?"

혜윤은 순간적으로 무슨 소린지 잘 이해되지 않았다.

자신과 연관되어 무슨 기사가 날 게 있는지 생각나지 않았기 때문이다.

"무슨 일이에요?"

갑자기 실내 분위기가 이상해지는 것을 느낀 혜리가

물었다.

*   *   *

한편, 슬레인의 신호를 받은 수호는 방을 나와 화장
실로 향했다.

탁!

그러곤 좌변기가 있는 칸으로 들어가 문을 걸어 잠갔
다.

"말해 봐."

수호의 말이 떨어지기 무섭게 슬레인은 조금 전 확인
한 뉴스를 펼쳐보았다.

우웅!

작은 진동음이 흐르고 홀로그램 창이 떠오르며 기사
의 내용이 송출되었다.

"이게 기사라고?"

기사의 내용을 확인한 수호는 기가 막혔다.

송출한 형식은 기사처럼 보였지만, 그 내용은 완전
소설이나 마찬가지였다.

기사 속의 자신은 돈 많은 재벌가 망나니가 되어 있
었고, 함께 차에 타고 있던 혜윤은 어린 나이에 뜨고 싶
어 몸을 파는 창녀가 되어 있었다.

어떻게 사람을 그렇게 쓰레기로 만드는 것인지 이해할 수가 없었다.

더욱이 기사의 내용은 모두 사진 한 장을 두고 추측만 해서 쓴 것이지 않나.

정확하게 조사도 하지 않고 자신이 생각하는 것이 진실이라고 억지를 부리고 있었다.

뿐만 아니라 수호가 기사를 보며 가장 화나는 것은 정확한 조사 없이 기사를 낸 기자나 언론사도 문제가 있지만, 그 기사에 놀아나는 사람들이었다.

"이것들 모두 조사할 수 있지?"

[물론입니다. 하나도 빠짐없이 조사하겠습니다.]

수호는 슬레인에게 기사를 내보낸 언론사는 물론이고, 기사를 쓴 기자, 그리고 그 글에 악플을 단 악플러 모두를 그냥 두지 않겠다고 생각했다.

"변호사 좀 알아봐."

[고소하실 생각입니까?]

"맞아. 이런 놈들은 자신들이 무슨 일을 한 건지 알아야 다시는 익명의 가면 뒤에서 이런 짓을 하지 못할 거야."

[맞는 말씀이십니다. 인간은 천사와 악마의 이중적인 얼굴을 동시에 가지고 있습니다.]

인공지능의 레벨 업을 위해 학습하는 중에, 슬레인은

인간들의 모순을 알게 되었다.

타인을 위해 누구보다 따뜻한 마음을 가지고 있으면서, 또 어떤 면에서는 그 어떤 생명체보다 동족에게 잔인한 면을 동시에 갖고 있었다.

그리고 어떻게 하면 인간을 보다 밝은 쪽으로 인도할 수 있는지도 학습을 통해 깨달았다.

보다 강한 존재의 억지력으로 인간들을 통제할 수 있다는 것이 역사를 통해 알 수 있었다.

물론, 강제에 대한 반발이 없지는 않았지만, 그것이 많은 대중을 선도하는 것이라면 보편적으로 이해를 받아 저항이 약해졌다.

슬레인은 이런 것을 언급했던 것이다.

한편으로는 익명의 가면 뒤에서 타인을 모욕하고 비방한 것처럼, 똑같이 당해 보면 자신들이 한 짓이 얼마나 잘못된 일인지 깨달을 것이라 생각하기도 했다.

물론, 거기까지 가게 되면 또 다른 부작용이 있을 수 있겠지만, 슬레인은 수호가 어느 선까지 악플러들을 처벌할지 몰라 많은 것을 준비하기로 했다.

＊　　　＊　　　＊

찰칵! 찰칵!

차르르르륵!

한빛 엔터 로비 입구는 많은 기자들이 운집해 카메라를 촬영하고 있었다.

아직 단상 위에 주인공이 나와 있지 않았음에도 기자들이 카메라를 작동하고 있는 이유는, 중요한 순간에 혹시 카메라가 제대로 작동하지 않을 수도 있기에 미리 점검하는 차원에서 촬영 중이었다.

"잠시 뒤, 어제 있던 루머의 진실을 밝힐 기자 회견을 시작하겠습니다."

한빛 엔터의 홍보실장인 황현희가 단상 위로 나와 기자들에게 알렸다.

"루머는 무슨, 사진까지 떡하니 찍혔는데……."

황현희가 진행을 알린 후 단상에서 내려가자, 기자들 속에서 이 같은 소리가 들려왔다.

분명 이런 소리를 들었음에도 이미 사진 속 당사자인 혜윤과 모자이크 처리되었던 운전자를 만나 본 그녀였기에 한 귀로 듣고 한 귀로 흘려보냈다.

어차피 자신이 이 자리에서 아무리 떠들어 봐야 기자들은 자신들이 듣고 싶은 이야기만 듣고 흘려버릴 것을 알기 때문이었다.

다만, 기자 회견 뒤에 이들 중 몇 명이나 자신들에게 유리한 기사를 써 줄 것인지 자못 걱정되었다.

아무리 자신들이 결백을 주장하더라도 아 다르고, 어 다르다고 하지 않는가.

황현희가 이렇게 걱정하고 있을 때 출입문이 열리며 사람들이 나왔다.

찰칵! 찰칵!

한빛 엔터의 한광희 사장과 루머의 주인공인 혜윤과 수호, 그리고 수호가 데려온 변호사가 자리했다.

"안녕하십니까, 한빛 엔터 사장 한광희입니다."

한광희 사장은 자신의 앞에서 마치 총을 쏘듯 카메라를 들고 촬영하는 기자들을 보며 담담한 눈빛으로 입을 열었다.

이십 대에 군대를 다녀온 뒤 바로 연예계에 투신하여 매니저를 거쳐 실장으로, 그리고 십 년을 대형 기획사에서 팀을 운영하다 독립하여 한빛 엔터를 설립했다.

자신만의 회사를 차리고 어언 10년을 운영한 그였기에 이런 기자회견은 많이 경험을 하였다.

지금처럼 자신이 직접 나서서 해명을 하기 위해 기자회견을 한 적도 있었고, 또 자신이 담당하던 연예인이 사고를 쳐 회사에서 대국민 사과를 하기 위해 기자회견을 하는 것도 지켜본 경험이 있다.

그러다 보니 이번 스캔들도 그는 흔들림 없이 말을 이어 갔다.

"기자의 윤리 의식이 없는 사람에 의해 플라워즈를 사랑하는 팬들에게 잠시나마 심려를 끼친 것에 심심한 사과를 전합니다."

연예팩트의 김종수가 올린 사진 한 장과 기사로 인해 한 순간에 인터넷 검색 순위가 치솟았다.

더욱이 잠깐이기는 하지만 1위에 랭크가 되기도 했었다.

그도 그럴 것이 이제 겨우 성년을 넘긴 인기 여자 아이돌이 비씬 스포츠카의 조수석에 앉아 있는 모습이 찍혔으니 당연한 결과였다.

더군다나 기사의 내용도 어찌나 자극적인지 기사를 읽지 않은 사람이라면 모르겠지만, 한 번 읽은 사람은 그 말에 혹할 정도로 기사와 사진은 사람들의 관심을 끌었다.

"솔직히 기사를 처음으로 기재한 연예팩트라는 곳은 여러분도 잘 아시겠지만, 거기서 나온 뉴스 중 절반 이상은 진실이 아닌 왜곡된 내용이 대부분이란 것을 알고 계실 것입니다."

한빛 엔터의 사장인 한광희는 혜윤이 연관된 스캔들을 먼저 언급하지 않고, 최초 기사를 내보낸 연예팩트와 기사를 쓴 김종수 기자에 대한 이야기를 먼저 했다.

그가 이런 이야기를 하는 이유는 다른 뜻이 있는 게

아니라 기사에 대한 신빙성을 흔들기 위해서였다.

사건의 전말을 당사자들에게 들어 알고 있기에, 우선은 연예팩트나 다른 연예부 기자들의 기사들에 대한 불만을 이번 기회에 여러 기자들 앞에서 언급하여 경고하려는 것이 목적이었다.

"모자이크로 가려진 사진 속 운전자는 바로 여기 우리 혜윤이의 옆자리에 앉아 계신 정수호 씨입니다."

혜윤의 옆에 자리한 수호를 언급하며 혜윤과 그의 관계에 대해 설명하기 시작하였다.

"정수호 씨는 2주 전에 방영된 SBC의 간판 예능프로인 야생의 법칙을 보신 분들이라면 기억할 수 있을 것입니다."

웅성웅성.

잘생긴 미남이 함께 나오자 기자들이 처음에는 한빛엔터가 준비하고 있는 신인이라 생각하고 있었다.

그래서 같은 소속사 선후배로서 잠시 함께하였다는 해명을 떠올리고 있었는데, 자신들이 잘못 생각하고 있었다는 것을 뒤늦게 깨달은 기자들이 주변 동료들과 이야기하다 보니 소음이 커졌다.

더욱이 한광희 사장의 이야기를 듣고 난 뒤 몇몇 기자들이 수호에 대해 빠르게 검색해 보고 그의 말이 맞다는 것을 확인해 주었다.

"정말이네!"

"헐!"

이쯤 되자 기자 회견장의 분위기가 처음과 다르게 흘러가기 시작했다.

"기자님들께 한번 물어보겠습니다."

한광희 사장에 이어 수호가 마이크를 붙잡고 이야기를 시작하였다.

"자신의 목숨을 구해 준 은인에게 저녁 한 끼 대접하려고 찾아가는 게 문제가 있는 일입니까?"

너무도 당당한 질문에 조금 전까지 웅성거리던 기자들이 조용히 수호의 말을 경청했다.

수호의 말속에는 힘이 있어 그의 말을 듣게끔 하는 마력이 있었다.

"작년 여름 전 사촌 동생을 비롯한 그 친구들과 함께 필리핀으로 여행을 갔습니다."

자신이 조난당했던 당시의 상황을 설명하면서 혜윤과 인연을 맺게 된 계기를 기자들에게 이야기하였다.

이는 슬레인이 마련해 준 시나리오였다.

사실을 그대로 전달하는 것도 좋지만, 사람들의 심금을 조금 더 울리는 서사가 있어야 듣는 이로 하여금 몰입감을 높일 수 있기 때문이었다.

또한, 수호의 목소리도 평소의 것이 아닌 슬레인이

학습시킨 목소리 톤이었다.

듣기 좋은 목소리로 정보를 전달하는 아나운서와 같이 또박또박 자신이 전달하고자 하는 내용을 이야기하다 보니 사람들은 저도 모르게 수호의 말에 귀를 기울였다.

"은혜를 입었음에도 저도 일이 있다 보니 반년이 넘게 흘렀지만, 옆자리에 있는 혜윤 양을 만난 것이 어제까지 해서 두 번뿐이네요."

수호는 이야기함에 강약을 조절하며 기자들의 관심을 더욱 집중시켰다.

"그리고 혜윤 양과 개인적으로 만난 적은 한 번도 없습니다. 그 자리에는 언제나 매니저와 동행을 했고. 어제도……."

누가 무슨 의도로 사진을 왜곡한 것인지 모르겠지만, 자신은 어제 혜윤을 만나기 위해 그녀가 출연하고 있는 드라마 촬영장까지 가게 된 계기와 그 뒤로 무엇을 했는지까지 속 시원하게 공개하였다.

이는 혹시라도 기자들이 내용을 왜곡할 수 있는 부분을 사전에 차단하기 위해서다.

이야기란 것이 한 사람을 거칠 때마다 살이 붙으니 결과적으로 팽창해 이상한 괴물이 되어 버린다.

그렇기에 이를 사전에 차단하기 위해선 굳은 의지와

숨김없는 진실로 한 점의 의심도 남겨 두지 않는 결론을 내어 주는 것이다.

그렇지 않을 경우, 아무리 진실을 말하더라도 이를 듣고 있는 청자로 하여금 상상할 수 있는 여지를 주게 된다.

그렇게 청자가 상상하게 만드는 것이 진실을 왜곡되게 만드는 것이다.

수호는 이런 것을 원천 차단하기 위해 어제 플라워즈와 함께 저녁을 먹었던 식당에 자신과 혜윤, 그리고 김찬성 매니저가 들어간 시간에 찍힌 CCTV 사진을 공개했다.

뿐만 아니라 특실에 먼저 와 기다리고 있던 플라워즈 다른 멤버들과 박인성 실장 외 매니저 두 명까지 찍힌 사진을 기자들에게 보여 주었다.

"여기 사진을 보시면 저희가 몇 시에 식당에 도착한 것인지, 그리고 몇 명이 자리에 함께했는지도 알 수 있을 것입니다."

찰칵! 찰칵!

사진이 공개되자 다시 한번 멈춰 있던 카메라들이 작동을 시작했다.

"기사에 나온 사진을 보니 아마도 제가 촬영장에서 막 출발하기 직전에 찍힌 사진인 것으로 보입니다. 이 말은 현장 관계자 내지는 출연진들 중 누군가가 찍은 것 같은데, 전 절대 이를 좌시하지 않을 것입니다."

수호는 지금까지 자신과 혜윤이 부적절한 관계가 아님을 증명하였고, 이번 사태를 일으킨 범인을 찾아 법적 조치를 취할 것이라 언급했다.

"이번 사태를 일으킨 기자와 언론사, 그리고 그들에게 사진을 제공한 누군가는 기필코 제가 할 수 있는 모든 역량을 동원해 대가를 치르게 할 것입니다."

웅성웅성.

수호의 이야기가 끝나기 무섭게 다시 한번 기자들 속에서 웅성거림이 들려왔다.

"혹시 그건 한빛 엔터나 스캔들의 당사자인 혜윤 씨의 생각도 같은 것입니까?"

기자들 속에서 누군가가 소리쳤다.

"스캔들이라니요. 표현을 정확하게 해 주시지요."

스캔들이란 단어가 들리자 당황하는 혜윤과 다르게 수호가 나서서 그 말을 한 기자에게 표현을 정확히 하라며 경고하였다.

스캔들은 없었다. 그렇기에 그런 단어는 이제 앞으로 나가고 있는 여자 아이돌인 혜윤에게 절대로 씌워져선 안 될 멍에다.

이런 것은 소속사인 한빛의 사장 한광희나 플라워즈

의 담당 매니저인 박인성이 나서서 막아 줘야 할 터였지만, 삼촌과 조카의 연을 맺은 수호가 언급했던 것이다.

바짝 날이 선 수호의 기세에 스캔들이란 단어를 올렸던 기자는 물론, 답변을 기다리고 있던 기자들도 긴장하였다.

"죄송합니다. 제가 단어 선택을 잘못했습니다."

좀처럼 사과하지 않는 것으로 유명한 기자들이 수호의 기세에 밀려 사과까지 하였다.

그와 동시에 아무것도 아닌 일을 스캔들로 몰아간 연예팩트와 김종수 기자에 대한 성토의 장이 기자들 속에서 만들어졌다.

"하나 더 말씀드릴 것이 있습니다."

이미 분위기가 스캔들이 아닌 쓰레기 기자가 특종을 낚기 위해 벌인 무리수란 것이 알려지면서 기자 회견이 마무리되어 가던 찰나였다.

수호가 다시 한번 칼을 빼들었다.

"이번 일로 근거 없는 악성 댓글을 단 악플러들은 용서가 일절 없는, 자신이 한 일에 대한 합당한 처벌을 받게 될 것입니다."

수호는 단호한 어조로 이야기하였다.

"익명의 가면 뒤에서 칼보다 무서운 악플을 달았으

니…… 기대하십시오."

마치 범죄자의 죄질을 판결하는 판사처럼, 수호는 두 눈을 차갑게 빛내며 비릿한 미소를 지었다.

악플러에 대한 수호의 선포를 들은 기자들은 순간 하던 동작도 멈추고 수호의 얼굴만 쳐다볼 뿐이었다.

너무도 차가운 그의 선고에 기자들은 자신들의 본분도 잊을 정도로 충격을 먹었던 것이다.

＊　　　＊　　　＊

"와! 삼촌, 진짜 멋있었어요."

기자 회견을 마치고 한빛 엔터의 사무실로 들어온 수호를 보며 혜리가 얼른 달려와 소리쳤다.

조심스럽게 혜윤의 기자 회견을 마음 졸이며 지켜보던 플라워즈 멤버들은 자신들이 알고 있는 청문회와 같은 기자 회견이 아닌 오히려 반대로 진행되는 걸 보면서 통쾌함을 느꼈다.

솔직히 잘못도 없는 혜윤이 해명하기 위해 기자 회견을 한다는 것에 화가 나 있었다.

하지만 힘이 없는 자신들이라 어쩔 수 없었다.

연예인이 되었으니 이런 것은 어쩔 수 없이 참고 견뎌야 한다는 이야기를 많이 들었기에 참았다.

그렇지만 플라워즈 멤버들도 사람이기 때문에 억울하고 또 화가 나는 것도 사실이었다.

그렇게 가슴 죄며 기자 회견을 지켜보는데, 웬걸 자신들이 걱정하던 것과는 반대로 흘러갔다.

뿐만 아니라 그동안 플라워즈에게 악플을 달던 이들까지 모든 악플러에게 전쟁을 선포하였다.

이미 자료를 모두 수집하였기에 용서는 하지 않겠다며, 자신이 한 일에 대한 책임도 본인이 져야 한다고 용서 없는 처벌만 기다리라는 것이 아닌가.

그 말을 들었을 때 플라워즈 멤버들은 두 팔을 번쩍 들며 환호성을 질렀다.

그동안 얼마나 많은 악플에 시달렸던가.

무조건 참아야만 한다고 생각했던 것과 다르게 너무도 통쾌했다.

한편, 회사 안으로 들어온 한광희 사장은 기다리고 있던 플라워즈 멤버들과 수호의 모습을 조용히 지켜보았다.

분명 플라워즈 멤버들과 수호는 단 두 번밖에 만나지 않았다고 했다.

그럼에도 그들이 어울리는 모습은 몇 년을 함께해 온 것처럼 스스럼이 없었다.

더불어 그 모습을 지켜보는 것이 어색하다거나 이상하게 생각되지도 않았다.

'괜찮네.'

정말로 이상했다.

여자 아이돌, 그것도 이제 인기를 얻어 가고 있는 신인들이다.

그런 여자 아이돌이 이성과 함께하는 것은 최대한 피해야 하고, 또 지금까지 그렇게 관리해 왔다.

물론, 그렇다고 해서 여자 아이돌이나 남자 아이돌들이 다른 이성을 만나지 않는 것은 아니다.

단단한 철옹성이라고 해도 빈틈은 있었다.

그렇기에 종종 스캔들이 터지는 것이다.

하지만 너무도 자연스러운 모습을 보이는 수호와 플라워즈를 보면 스캔들이 전혀 떠오르지 않았다.

'정말로 아이들을 조카로 여기나 보군.'

한광희는 깨달을 수 있었다.

어떻게 자신이 이런 생각을 할 수 있게 되었는지 말이다.

겉으로 보이는 수호의 나이는 전혀 삼십 대라고 보이지 않았다.

나이보다 어린 듯한 혜윤과 비교해도 겨우 한두 살 차이 정도로 보였다.

그리하였기에 사진 한 장에 스캔들 기사가 난 것일 수도 있었다.

하지만 사진이 아닌 직접 두 사람이 함께 있는 모습을 보니 사진과 다른 것이 보였다.

혜윤과 수호, 플라워즈와 수호가 어울리는 모습을 지켜보노라면 한 가족이 오랜만에 만나 어울리는 것 같았다.

'굳이 막을 필요가 없을 것 같군.'

기자 회견이 끝나면 따로 만나 다시 이런 일이 벌어지지 않도록 만남을 막으려 하였다.

그런데 지금 플라워즈와 수호가 보여 주는 장면을 보니 그럴 필요가 없었다.

오랜 연예계 생활로 인한 자신의 기우란 것을 깨닫고 결정을 철회하였다.

그러자 한광희의 눈에 다른 것이 들어왔다.

'그건 그렇고 잘 어울리는군.'

연예계에 오래 있다 보니 여러 가지가 보였다.

기자 회견 전 수호를 만나 어떻게 이야기할지 의논을 했었다.

그때만 해도 이런 생각은 들지 않았는데, 지금 보니 수호에게 연예인으로서 끼가 보였다.

그리고 그건 방금 전에 든 생각이 아니었다.

어제저녁 수호의 정체를 듣고 SBC 야생의 법칙과 JTV에서 방영된 특집 방송도 찾아보았다.

전문 방송인이 아님에도 수호는 그곳에서 너무도 자연스럽게 스며들어 있었다.

자신의 역할에 맞는 행동을 하는 것은 방송을 처음 하는 초보가 보일 수 없는 것이다.

방송 초보가 그런 모습을 카메라에 보여 준다는 것은 연예인으로서 재능이 있다는 말이나 같았다.

7. 방위사업청과 계약

신인 여자 아이돌 그룹 플라워즈의 리더 혜윤의 스캔들은, 처음 등장했을 때처럼 빠르게 불타오르다 순식간에 사그라졌다.

다른 연예 기획사들과 다르게 한빛 엔터가 작심하고 관련자들은 물론이고, 인터넷 뉴스에 댓글을 단 사람들 중 사실과 다르게 근거 없는 악성 댓글을 단 악플러들을 한 명도 선처 없이 법대로 처리했기 때문이다.

그로 인해 조금 부정적인 말들이 나오긴 하였지만 그것도 잠시 수호, 아니, 슬레인이 찾아낸 그들의 신상명세서가 공개되면서 부정적인 소리는 쏙 사라지고 이번에는 악성 댓글을 단 악플러들에 대한 성토가 대한민국을 강타했다.

시작은 혜윤의 스캔들 기사 때문이었지만, 이제는 혜윤만의 문제가 아니라 연예계 전반에 걸친 부정적인 팬덤 문화에 대한 비판으로 이어졌다.

"그래, 잘 처리되었다니 다행이네."

혜윤의 전화를 받은 수호는 그녀의 밝은 목소리에 잘되었다고 격려해 주었다.

성인이 되었다고는 하지만, 이제 겨우 스물한 살의 숙녀였다.

더욱이 십 대 초반부터 연예 기획사에 들어가 가수가 되기 위해, 아이돌이 되기 위해 트레이닝을 받느라 다른 경험이 전혀 없었다.

그러다 보니 또래의 아가씨들에 비해 사람들 대하는 것, 사회를 살아가는 것이 미흡한 것도 사실이다.

그 때문에 악성 댓글에 그렇게 전전긍긍하며 스트레스를 받았던 것이다.

만약 평범한 학생이었다면 어쩌면 악성 댓글에 그처럼 심각한 스트레스는 받지 않았을지도 몰랐다.

물론, 경우에 따라 다르겠지만 수호가 보기에 혜윤이나 플라워즈 멤버들, 아니, 아이돌 그룹을 하고 있는 대부분의 아이들이 경험 부족이었다.

이런 것을 보면 연예 기획사도 단순히 아이돌을 만들기 위해 무분별하게 그런 쪽의 공부만 시킬 것이 아니라 사회 전반에 걸친 경험을 쌓게 하는 것이 좋을 것 같다는 생각을 하였다.

아무튼 혜윤이나 플라워즈의 상황이 기자 회견을 한 뒤로 인기가 더 늘어났다는 소식에 기분이 좋아졌다.

"뭐 좋은 일이라도 있나?"

심보성은 통화를 끝낸 수호가 미소 짓고 있는 것을 보며 물었다.

"뭐 좋다면 좋은 일이죠."

군대에 있을 때 보여 주던 모습과는 완전 다른 수호의 답변에 심보성은 눈을 반짝였다.

군에 있을 당시만 해도 수호는 이렇게 미소 짓는 사람이 아니었다.

부사관이면서 고급 장교 이상으로 카리스마가 있어, 외국 부대와 합동 작전을 할 때면 그가 지휘자로 오해받을 때도 많았다.

수호가 이런 오해를 받게 된 것은, 작전에 투입되는 부대원들은 절대 계급장을 달고 작전에 투입되지 않기 때문이었다.

이는 군대 전술로 부대 지휘관이 적 저격수에게 집중 공격을 받지 않게 하여 부대 전술이 원활하게 진행될 수 있게 적진을 혼란시키려는 전술이다.

더욱이 수호는 계급을 떠나 부대 전술을 지휘하는 것에 전혀 어색하지 않았다.

이는 수호가 많은 전술을 이해하고 있었기에 작전 중 부대 지휘관이 오판을 하더라도 즉각적으로 잘못된 작전을 수정할 수 있는 능력을 갖고 있었다.

그랬기에 많은 작전을 성공적으로 마칠 수 있었다.

그런 수호의 능력은 무공 훈장으로 증명되었다.

그러던 수호가 누군가와 전화 통화를 하면서 입가에 미소를 짓고 있으니, 심보성은 궁금하지 않을 수 없었다.

하지만 자신이 물어본다고 해서 곧이곧대로 대답해 줄 수호가 아니기에 주제를 바꾸었다.

"그나저나 준비는 다 되었나?"

조금 굳은 표정으로 심보성이 물었다.

"물론이지요."

"그럼, 그만 일어나지."

어디론가 함께 가기로 한 것인지 심보성이 수호를 돌아보며 자리에서 일어났다.

그리고 수호와 함께 사무실을 나와 주차장으로 향했다.

　　　　　　＊　　　　＊　　　　＊

　대한민국 방위사업청.

　약칭으로는 방사청이라고도 불린다.

　방사청이 하는 일은 대한민국 군대의 방위력 개선 사업과 군수 물자 조달 및 방위산업 육성을 총괄하는 중앙행정 기관이다.

　처음 출발은 국방부 산하 국방부 건설 본부에서 출발하여 국방부조달본부로 개편되었다.

　그랬다가 국방부 군수 본부로, 또다시 국방부 조달 본부를 거쳐 2006년 국방부조달본부를 폐지하고 국방부로부터 방위 사업 계획·예산·집행·평가 및 중앙 조달 군수품의 계약에 관한 사무를 이관해 방위사업청으로 개편되었다.

　이곳의 수장인 방위사업청장은 그 등급이 차관급 공무원으로 상당히 높은 고위직 공무원이다.

　그렇기에 일반인은 그를 함부로 만날 수가 없었다.

　"심 사장이 말한 것이 이것인가?"

　방위사업청장인 왕홍정은 알루미늄 케이스에 가지런히 놓여 있는 전투복과 방탄복, 그리고 각종 장구류와 한 손에 들어오는 작은 크기의 스프레이 통 몇 개를 둘러보았다.

방탄복과 장구류를 살펴보는 왕홍정의 눈에는 관심이
별로 없는 듯 보였다.

그도 그럴 것이, 이전 청장이 추진했던 전력 지원 물
자 획득 사업 중 하나였던 방탄복이 작전 운용 성능
(ROC)에 미치지 못한 것 때문에 청장이 책임을 지고
옷을 벗었던 일이 있었다.

그 뒤로 개선된 방탄복을 구매해야 했지만, 이미 이
전 청장이 사업 자금을 사용한 뒤였고, 또 불량 방탄복
을 납품했던 업체는 그 문제가 TV를 통해 전파되면서
문을 닫고 말았다.

즉, 한마디로 사업 자금은 사라졌고, 납품하던 회사는
폐업을 하였기에 방위사업청에는 불량 방탄복만 창고에
쌓여 있다는 소리다.

납품업체라도 남아 있었더라면 반품을 하고 정상 제
품을 납품하라고 지시를 내릴 수도 있지만 업체가 사라
졌으니 어떤 방법을 구할 수도 없었다.

그런데 아레스의 사장인 심보성이 찾아와 느닷없이
방탄복을 보여 주자 인상을 썼던 것이다.

이미 국민들에게 모든 것이 까발려진 상태에서 애물
단지로 전락한 방탄복이 다시금 생각나자 짜증이 피어
올랐다.

"심 사장도 2016년 사건 기억하지?"

왕홍정 청장이 인상을 찌푸리며 물었다.

"물론 기억합니다. 그 때문에 저희 사령부에서도 난리가 났었지 않습니까?"

당시 특전사 지휘관으로 있던 심보성도 그 문제로 상부와 무지하게 싸웠다.

외국에 파병을 나가는 부대에 지급되는 장구류 중 화기 다음으로 중요한 방탄복에 문제가 발생했으니 당연한 것이었다.

겨우 권총탄이나 막을 수 있는 방탄복을 입고 어떻게 작전을 뛰라는 것인지 황당했었다.

빼먹을 것이 따로 있지, 다른 것도 아니고 군인들의 생명을 지켜 주는 방탄복을 그런 식으로 사업을 추진한 것에 화가 났다.

"당시 청장은 그 문제로 파면되었고, 납품업체는 사장과 주요 간부들이 잠적하면서 공중분해가 돼 버렸지."

"아!"

왕홍정 청장의 이야기를 들은 심보성은 자신도 모르게 탄성을 질렀다.

그런 자세한 내용은 알지 못했기 때문이다.

"그 때문에 방위사업청 창고에 당시 납품받았던 불량 방탄복이 30만 벌이나 쌓여 있어!"

탁!

생각하면 할수록 화가 나 참지 못하고 그만 테이블을 주먹으로 내려쳤다.

"그, 그렇게나 많이 납품되었습니까?"

심보성은 두 눈을 크게 뜨며 몰랐던 사실을 듣게 되자 경악을 금치 못했다.

30만 벌이라면 대한민국 군인의 절반에 해당하는 수였다.

만약 그것이 감사원의 기동 점검이 아니었다면 어떤 일이 벌어졌을지 생각만 해도 아찔했다.

"하, 시벌…… 이런, 미안하네. 그 일만 생각하면 나도 모르게."

당시 왕홍정 또한 그 문제에서 자유로울 수 없었다.

업체 선정 과정에 그 또한 어느 정도 연관이 있었기 때문이다.

"무슨 말씀인지는 알겠지만, 그렇다고 전방에 있는 병사들을 생각하면 사업을 다시 추진해야 하지 않겠습니까?"

"음……."

다시 시작해야 한다는 심보성 사장의 물음에 왕홍정 청장이 낮은 신음을 흘렸다.

그의 생각도 심보성 사장과 비슷했다.

하지만 한 번 비리에 연루된 사업이다 보니 선뜻 사업을 다시 추진하는 것이 힘들었다.

더욱이 현재 방위사업청에서 벌이고 있는 사업 때문에 예산에 여유가 그리 많지도 않았다.

전략 지원 물자 획득 사업이 필요하다는 것을 공감하면서도 꼬리를 말고 있는 방위사업청장의 모습에 수호는 눈을 반짝였다.

'사업을 다시 추진해야 한다는 생각에는 공감하지만, 예산이 문제일 것 같군.'

방위사업청장이 무엇 때문에 머뭇거리고 있는지 눈치를 채고 수호가 나섰다.

"사업을 추진하기 위해서 예산 편성이 중요한데, 아무래도 요즘 방위사업청에서 추진하는 사업들이 많아 예산 확보가 문제일 것입니다."

느닷없이 대화에 끼어드는 말에 심보성이나 왕홍정 청장의 시선이 수호에게로 돌아갔다.

"이런, 제가 아직까지 이 사람을 소개하지 못했군요."

자신이 소개하기도 전에 수호가 먼저 나서자, 잠시 대화가 끊겼지만 눈치가 빠른 심보성이 얼른 나서며 물고를 텄다.

"청장님도 들어 보셨는지 모르겠지만 제 휘하에 있던

정수호 상사입니다. 물론, 2년 전까지 말입니다."

수호에 대한 소개를 하면서 심보성은 그가 자신의 휘하에 있을 당시의 위용을 조금 과장해서 설명하였다.

한참이나 수호에 대한 소개를 듣게 된 왕홍정 청장이 놀란 눈으로 수호를 쳐다보았다.

그도 그럴 것이, 심보성 사장은 그가 생각했을 때 최소 참모부 내지는 군사령관까지 갈 것이라 보았다.

그런데 그런 예상을 깨고 아프가니스탄 파견군 사령관을 자내다 어느 날 갑자기 예편 신청을 해 버렸다.

그것도 부대 지휘관급 장교들 다수와 함께 말이다.

그 때문에 육군본부는 물론이고, 국방부에서도 난리가 났었다.

무슨 문제로 부대원의 2/3나 되는 지휘관과 부대원들이 전역 신청을 하려는 것이고, 또 부대 총책임자가 그런 것을 막을 생각은 하지 않고, 오히려 자신도 함께 예편 신청을 한 것인지 알 수가 없었기 때문이다.

하지만 조사를 한 뒤 육군본부는 물론이고, 국방부마저 허탈해졌다.

그 모든 것이 보훈처의 미숙한 대처 때문이었으니까.

아니, 그동안 암묵적으로 묵과했던 행정편의주의 때문에 그런 큰 문제가 발생한 것이라 어느 누구도 쉽게 그들을 진정시킬 수가 없었다.

그런데 그 일의 시발점이 되었던 당사자가 눈앞에 있자 왕홍정 청장은 긴장하였다.

그렇지만 수호는 그런 청장을 보면서도 담담했다.

"그 이야기는 그만하고 다시 본론으로 들어가죠."

수호는 당시 자신이 받았던 군 당국의 부당한 대우에 대해 다시 기억하고 싶지 않았다.

그래서 다시 방탄복 문제를 이야기하려 했다.

수호는 테이블에 놓인 스프레이 한 통을 집어 들었다.

"제가 보여 드릴 것은 바로 이것입니다. 이것을 군에 납품하고 싶습니다."

수호가 방탄복이 아닌 다른 물건을 왕 청장의 앞에 들어 보이자 고개를 갸웃거렸다.

자신의 앞에 들이미는 물건이 무엇이관데 자신 있어 하는지 알 수가 없었기 때문이다.

아무런 말도 없이 자신이 내미는 스프레이와 자신의 얼굴을 번갈아 쳐다보는 청장의 모습에 수호는 그가 어느 정도 호기심을 가지게 되었다 느끼고 그것에 대한 설명을 이어 갔다.

그렇게 수호가 하는 이야기를 듣던 왕홍정 청장은 경악을 금치 못했다.

겨우 저 조그만 스프레이 한 통이면 성능 미달의 불

량품으로 처치 곤란했던 애물단지가 환골탈태할 수 있다는 소리에 놀라지 않을 수가 없었다.

"그, 그게 정말인가?"

더욱이 저 작은 스프레이 한 통이면 한 벌의 방탄복을 정상으로 복원하는 것은 물론이고, 방탄 플레이트가 없는 부분도 레벨 업 할 수 있다는 소리에 믿을 수가 없었다.

"굳이 조금 뒤 테스트해 보면 바로 들킬 거짓말을 하겠습니까?"

수호는 자신감 있게 대답하였다.

그런 수호의 자신감 있는 태도에 왕정홍 청장은 두 눈을 반짝였다.

저 말이 사실이라면 비리로 실패했던 사업을 적은 비용으로 자신이 성공시킬 수도 있었기 때문이다.

자신의 경력에 한 점의 오점으로 남아 있던 전력 지원 물자 획득 사업이 다시금 부활해 자신의 손으로 성공시킨다.

그런 생각을 하자 왕홍정은 가슴 저 깊은 곳에서부터 불길이 확 타오르는 느낌을 받았다.

"좋아! 만약 그 말이 사실이라면 내 특별 예산이라도 신청하여 사업을 재개하기로 하지."

말이 떨어지기 무섭게 왕홍정 청장은 물론이고, 심보

성 사장과 수호의 움직임도 빨라졌다.

그리고 한 시간 뒤 방위사업청 지하에는 임시 시험장이 설치되었다.

수호가 가져온 방탄복의 성능 테스트는 물론이고, 방위사업청 창고에 쌓여 있는 불량 방탄복도 세 개를 가져와 비교 테스트를 하기 위한 준비가 되었다.

수호가 가져온 신형 방탄복과 기존 불량 방탄복, 그리고 방탄 스프레이를 뿌린 뒤 테스트할 방탄복 등 비교 테스트를 공정히 하기 위해 방위사업청에 파견을 나와 있는 병사들도 대기하였다.

준비가 끝나자 테스트는 순차적으로 진행되었다.

먼저 창고에서 꺼내 온 기존의 불량 방탄복에 대한 테스트가 1차로 진행되고, 그것이 끝나고 다시 이번에는 수호가 가져온 신형 방탄복이 테스트되었다.

두 방탄복의 성능 비교를 위한 테스트가 끝나자, 그 결과 신형 방탄복이 군의 ROC에 충족한다는 결과를 얻었다.

그리고 마지막으로 이번에는 불량 방탄복에 방탄 스프레이를 뿌린 뒤 그것이 마르고 난 다음 테스트를 하였다.

기존의 방식 그대로 동일한 조건에서 방어력 테스트를 하고, 그 결과물에 이를 지켜보던 모든 사람들이 하나같이 놀랐다.

물론, 이미 성능 테스트를 하였던 심보성은 그리 놀라지 않았다.

이미 결과를 알고 있었기 때문이다.

비록 수호가 가져온 신형 방탄복에 비해 성능이 약간 떨어지긴 해도, 군이 요구한 ROC에는 충족했기 때문이다.

사실 수호가 가져온 신형 방탄복은 전에 아레스에서 테스트하던 제품이 아닌, 수호가 준 기술을 바탕으로 SH화학이 자체적으로 개발한 것이었다.

이는 해외에 파병을 나가 국위 선양을 하고 있는 특수부대를 위해 제작된 것이다.

그 때문에 기존의 다른 회사에서 제작한 방탄복에 방탄 스프레이를 뿌려 테스트했던 것보다 성능 면에서 조금 더 뛰어난 제품이 만들어졌다.

이렇게 수호가 기존 아레스에서 테스트를 한 방탄복이 아닌 새롭게 개발한 방탄복을 가져온 것은 선택지를 넓히기 위해서다.

사실 대한민국 전군에 납품을 하면 큰돈을 벌 수 있다.

그렇지만 전쟁이 언제 터질지 모르는 휴전 국가인 대한민국 군인들을 생각하면 하루라도 빨리 방탄복 지급이 필요했다.

그런 상황에서 자신의 욕심을 채우기 위해 무조건 자신의 회사에서 생산된 제품만 납품하겠다고 하면, 70만이나 되는 군인들이 방탄복을 모두 지급받기까지 얼마나 많은 시간이 걸리겠는가.

이를 생각해 수호는 신형 방탄복은 특수부대용으로, 그리고 납품된 불량 방탄복을 개량한 30만 개와 국내 방탄복 생산업체들의 제품에 자신이 개발한 방탄 스프레이를 결합한 일반 부대용으로 선택지를 넓혔던 것이다.

그리고 이러한 생각은 테스트가 모두 끝난 뒤, 다시 돌아간 청장실에서 이야기하였다.

  *   *   *

처음 수호가 방위사업청에 방탄복과 방탄 스프레이를 청장에게 선을 보인 뒤, 불과 일주일도 되지 않아 방탄복 및 방탄 스프레이 납품 계약은 순식간에 이루어졌다.

원래 이런 계약은 이처럼 간단하게 진행되는 것이 아니라 테스트를 통과하더라도 제품 제조 공장을 시찰하고 제대로 납품할 수 있는지 등 여러 가지를 고려한 뒤

차분하게 계약을 한다.

하지만 이번 계약은 그렇지 않았다.

확실한 보증인도 있고, 또 같은 제품이 아레스에 납품되고 있는 걸 왕홍정 청장이 알고 있기에 빠르게 계약했던 것이다.

스윽.

최종적으로 계약서를 확인하고 SH화학의 사장인 정상현이 마무리 사인을 하였다.

방위사업청이 보유할 것과 SH화학이 가져야 할 계약서 두 개에 각각 사인을 하고, 교환을 한 뒤 다시 해당 부분에 사인함으로써 방위사업청에 방탄복과 장구류 10만 명분의 납품 계약과 방탄 스프레이 30만 개 분량의 계약이 완료되었다.

방탄 스프레이 30만 개는 방위사업청 창고에 보관 중인 불량 방탄복에 사용할 물량이다.

그리고 SH화학이 계약한 방탄복 중 특수부대용으로 1차 1만 명분의 신형 방탄복도 계약이 끝났다.

계약을 마친 상현은 방금 전 사인을 한 계약서를 들고 아무 말 없이 그것을 쳐다보았다.

그도 그럴 것이, 자신이 사인한 계약의 규모가 예전 회사에 다닐 때 했던 계약 규모와는 비교가 되지 않기 때문이다.

일반 방탄복만 해도 방위사업청에 납품가가 110만 원이었다.

이 방탄복은 다른 업체의 것을 가져다 SH화학에서 생산하는 방탄 스프레이로 업그레이드하여 납품하는 것이라 마진이 크진 않았지만, 그래도 10만 벌이나 되는 수량을 납품하기에 순이익만 240억 원이다.

그리고 방탄복과 함께 들어가는 장구류의 순이익도 80억 원가량 되었다.

거기에 방탄 스프레이 30만 개의 납품가만 해도 무려 180억이고, 이 중 원가와 인건비 등 제반 비용으로 들어가는 20% 정도 금액을 뺀 144억 원이 순이익이다.

또 특수부대용 신형 방탄복의 경우, 한 벌에 200만 원으로 책정하여 1차로 1만 벌의 납품 계약을 하였다.

SH화학의 신형 방탄복의 가격이 이렇게 높게 책정된 것 같지만 그렇지 않다.

미국의 특수부대와 PMC들이 사용하는 드래곤 스킨 방탄복을 능가하는 방어력을 가졌으면서도 가격은 그보다 2/3나 저렴한 것이다.

성능은 30% 정도 더 우수하면서 가격은 1/3 수준인데, 방위사업청에서 굳이 이것을 비싸다고 하고 계약하지 않는다면 그것이 바로 이적 행위나 마찬가지다.

특전사 한 명을 양성하는 데 들어가는 비용은 일반

보병 100명을 양성하는 데 들어가는 비용보다 더 많다.

그렇기에 실전에서 한 명이 희생되면 아주 큰 손실이 아닐 수 없다.

그런데 신형 방탄복을 지급받아 위험을 줄인다면 어떻겠는가.

그런 이유로 실전을 많이 치르는 미군은 드래곤 스킨과 같은 최고의 방탄복이 개발되었음에도 보다 우수한 방탄복을 끊임없이 연구하고 개발 중이다.

만약 SH화학의 신형 방탄복의 정보를 미국이 입수하게 된다면 분명 압력이 들어올 것이다.

개발 자료를 넘기라거나, 아니면 자신들에게 먼저 공급해 달라고 말이다.

하지만 수호는 전혀 그럴 생각이 없었다.

SH화학의 대표는 둘째 큰아버지이지만, 원천 기술은 수호 자신이 가지고 있기에 이것이 가능했다.

물론, 보다 우수한 제품이 개발되고 지금의 신형 방탄복의 가치가 떨어지면 다르겠지만 우선 계획은 그랬다.

"그런데 군용 차량에 대한 방어력 증강은 관심이 없으십니까?"

계약을 마치고 기뻐하고 있는 왕홍정 청장을 보며 수호가 물었다.

"응? SH화학은 차량용도 판매를 하나?"

전에 샘플을 가져왔을 때 그런 말은 없었다.

계약이 끝난 후 다른 이야기를 하자 왕홍정이 놀라 물었다.

지금 한 계약도 원래는 계획에 없었던 사업이다.

이는 수호의 둘째 큰아버지도 같았다.

자신이 알지 못하는 것을 수호가 또 가지고 있는 것 같았기 때문이다.

"이것이면……."

수호는 의아한 눈으로 자신에게 시선을 주는 사람들을 보며 테이블 한쪽에 놓인 방탄 스프레이를 집어 들었다.

"이건 방탄복에만 사용하는 물건이 아니라 모든 물건에 사용할 수 있는 다목적입니다."

수호의 말이 끝나기 무섭게 사람들은 모두 깜짝 놀랐다.

하지만 수호의 둘째 큰아버지인 상현은 그제야 생각이 났다.

처음 수호가 새로운 제품을 개발했다고 회사로 그것을 가져왔을 때 이야기한 것을 이제야 떠올렸던 것이다.

방탄이란 성질 때문에, 그리고 너무도 큰 계약을 성

사했기 때문에 잠시 잊고 있었다.

'맞아. 수호는 저것을 민간에도 판매한다고 했었지.'

SH화학의 설립 기반이 된, 천 도가 넘는 높은 온도에도 견디는 물질을 개발하여 군용은 물론이고, 소방용품으로도 생산되어 시중에 판매되고 있다.

이런 범용성이 높은 물건을 개발한 수호가 이번에도 군은 물론, 민간에도 사용할 수 있는 물건을 개발한 걸 자신은 방탄이라는 것 때문에 까먹고 있었으니 참으로 한심했다.

하지만 수호가 계약 전이 아닌 이렇게 계약이 마무리된 뒤에 언급한 데는 다 이유가 있었다.

아무리 방위사업청장이 군에 납품하는 모든 물건을 관장하고 있다곤 하지만, 사업에는 계획이 있고 그에 들어가는 예산을 집행하기 위해 상급 기관에 감사를 받아야 한다.

사실 오늘 계약한 방탄복과 방탄 스프레이 등의 예산은 특별 예산으로 책정된 것이다.

즉, 더 이상 사업을 늘릴 예산이 없다는 소리다.

더욱이 군용 차량에 대한 방어력 증진이란 것은 지금 시점에서 꼭 필요한 것이 아니다.

방탄복이야 이전 사업에서 비리로 실패한 사업이었고, 또 국민들이 큰 관심을 두고 있던 사업이기에 이렇게 특별 예산을 편성해 계약할 수가 있었다.

그러니 수호는 사업 계획이 모두 잡힌 올해가 아닌 내년을 겨냥해 군용 차량의 방어력 증진이란 언급을 했던 것이다.

더욱이 이미 한 번 성능 테스트가 끝난 물건(방탄 스프레이)으로 가능한 사업이기에 효과나 가격 등을 생각하면 썩 나쁘지 않은 계획이다.

왕홍정 청장은 군 장비에 대한 방어력 증강이라고 하여 뭔가 대단한 것이 따로 있는 것이 아닌 자신이 이미 한 번 확인한 방탄 스프레이로 가능하다고 하니 다시한번 놀랐다.

"물론, 이 방탄 스프레이를 차량 전체에 도포한다고 해서 일반 차량이 갑자기 장갑차와 같은 엄청난 성능이 보이는 것은 아닙니다. 하지만······."

수호는 방탄 스프레이가 만능은 아님을 강조하며, SH화학의 방탄 스프레이를 기존 군용 차량에 칠했을 때 어떤 효과가 있는지 과장 없이 사실 그대로를 설명했다.

물론, 이런 계산은 전적으로 슬레인이 이야기해 주는 것을 수호가 전달하는 것이다.

수호가 들려준 말은 이러하였다.

방탄 스프레이의 방탄 효과는 압연 강판 3㎜ 정도다.

이것을 3중으로 코팅을 하면 10㎜ 정도의 방탄 효과를 볼 수 있게 된다.

겨우 10㎜로 무엇을 하냐고 할 수도 있지만, 다른 여러 가지 상황을 상정하면 결코 가볍지 않은 사안이었다.

만약 기존의 군용 차량에 이 정도 효과를 가진 방어력을 증강하려면 차량의 무게가 늘어날 수밖에 없다.

그렇게 되면 일단 차량의 기동성이 느려지고, 적으로부터 표적이 될 확률이 늘어나게 된다.

또 적의 무기에 피탄 될 확률도 늘게 되니, 이는 심각한 문제가 아닐 수 없다.

하지만 방탄 스프레이로 이런 효과를 얻게 되면 그런 문제가 사라진다.

방탄 스프레이에 들어 있는 화학 재료는 같은 효과를 가진 강판에 비해 그 무게가 1/100 수준도 되지 않는다.

아니, 그런 정도가 아니라 거의 무게의 증가를 느끼지 못한다.

그저 위장용 페인트 한 번 더 칠한 것과 같은 무게의 변화와 비슷한 것이기 때문이다.

더욱이 방어력 증강을 위해 따로 계획을 잡고 며칠, 몇 달을 공장에 들어가 운용 공백을 가져오지 않는다는 장점이 있었다.

"호오, 그런 거라면 괜찮은 사업인 것 같군."

왕홍정 청장에겐 계획이 아주 그럴듯하게 들렸다.

만약 수호의 말이 사실이라면 가장 좋아할 부류가 있었다.

바로 대한민국 육군의 주력 무기 중 하나, K—21 장갑차를 운용하는 부대의 지휘관들이다.

사실 K—21 장갑차는 도입 초기부터 무척이나 말이 많이 나왔던 물건이다.

대한민국 지형은 장갑 차량을 운용하기 무척이나 까다로운 지형이다.

강이나 하천이 많아 다리도 많다.

하지만 무거운 장갑 차량이 그 위를 지나가게 만들기 위해선 엄청난 돈이 들어간다.

그렇기에 군에서는 처음 계획과 다르게 K—21 장갑차의 방어력을 조금 희생하는 대신 자체 도하가 가능하게 부력 장치를 양옆에 부착하였다.

그 때문에 K—21 장갑차는 도하 능력을 가지게 된 대신, 방어력이 현대전에 사용하기에 안심할 수 있는 수준의 방어력을 갖추지 못했다.

일각에서는 대물 저격총이나 북한군이 가지고 있는 14.7㎜ 고사총에 관통된다고 주장하였다.

사실 그 말이 맞기도 했다.

그만큼 K—21 장갑차의 방어력은 형편없었다.

하지만 수호가 말한 방탄 스프레이를 K—21 장갑차에 도포하게 되면 그 이야기가 달라진다.

비록 압연 갑판 10㎜ 정도의 방어력이 증가한 것이지만 기존 장갑에 이 정도 방어력이 플러스된다면 대물저격총의 철갑탄이나 북한군의 고사포 공격에도 충분한 방어력을 가질 수 있었다.

그리고 그건 비단 K—21 장갑차만의 문제가 아니다.

육상의 왕자인 전차도 취약한 부분이 있었다.

바로 전차의 바닥과 지붕이다.

사실 전차의 방어력은 전차의 전면과 측면, 그리고 엔진이 있는 후면의 경우 철갑이 두터워 쉽게 뚫리지 않는다.

하지만 전차의 상부와 하부는 달랐다.

이곳은 장갑의 두께가 얇기 때문에 30㎜ 기관포의 공격에도 뚫려 버린다.

그렇다고 이곳의 장갑 두께를 더 두껍게 늘릴 수는 없다.

그렇게 되면 아까 전에도 말했다시피 전차의 무게가 확 늘어나게 되기 때문이다.

이런 곳에 10㎜라도 무게 변화 없이 증가된다면 전차

승무원들의 생존성이 늘어나지 않겠는가.

이런 생각을 하고 있을 때 수호의 이야기는 계속되었다.

"물론, 이것의 효과는 1년 정도입니다."

"1년?"

"네, 그렇습니다. 방탄 스프레이에 들어 있는 화합물은 공기 중에 노출이 되면 천천히 산화를 합니다. 그렇기 때문에……."

효과가 1년 정도이니 시간이 지나면 또다시 방탄 스프레이를 뿌려 줘야 한다는 수호의 설명에 왕홍정 청장은 잠시 고민을 하였다.

하지만 결론은 이미 나와 있는 것이나 마찬가지였다.

비록 1년뿐이라고 하지만 그 가치는 어마어마한 것이다.

다른 작업 없이 불과 몇십 분 만에 방어력이 10㎜ 증가를 한다.

이 얼마나 마법과도 같은 효과인가.

겨우 10㎜이지만 그것이 그 안에 타고 있는 승조원들의 생사를 가를 수 있었다.

단 한차례 적의 공격을 막아 낼 수만 있다면 그것만으로도 충분한 가치를 가졌다 할 수 있다.

그리고 그런 효과가 쌓이게 되면 전투에 이기고 전쟁

을 승리로 가져올 수 있었다.

군은 최악의 상황을 대비하는 존재다.

그러기 때문에 언제, 어느 때라도 최악, 즉 전쟁을 대비해야 한다.

또한 전쟁에 승리하기 위해 1%의 전력 증강을 위해서라면 예산을 아끼면 안 된다.

"허허, 이거 장관님을 다시 한번 찾아뵈어야 할 것 같군."

왕홍정 청장은 설명을 모두 듣고 그렇게 말하였다.

얼마 전 특별 예산을 받아 방탄복과 방탄 스프레이 구매 계약을 하였다.

그런데 방금 수호의 이야기를 들은 뒤 다시 한번 욕심이 생겼다.

사실 국방부는 군의 병력 수송 차량들이 방어력 개선을 위해 사업 계획을 가지고 있다.

하지만 그곳에 방탄 스프레이를 이용한 계획은 없었다.

이미 사업을 위한 공문이 각 관련 업체에 나간 상태로, 기존의 60트럭에 천막을 씌운 형태의 병력 수송 차량이 아닌 장갑차에 준하는 대형 수송 차량을 생각하고 있다.

그런데 그와 별도로 방어력 증강을 할 수 있는 방법

이 있는데, 굳이 기존 사업이 있다 해서 포기할 이유가 없었다.

이번 방탄복 구매 사업처럼 특별 예산 편성을 다시 한번 더 받아 사업을 추진해도 좋을 것 같았다.

"정 고문이라고 했던가? 자네 나랑 장관님을 한 번 뵙지 않겠나?"

왕홍정은 자신이 직접 국방부 장관을 만나 이야기하는 것보다 개발자가 직접 설명하는 것이 더 좋을 것 같아 제안했던 것이다.

"좋습니다. 시간만 알려 주십시오."

그저 미래를 위해 이렇게 쓰일 수도 있다고 사업 방향을 언급한 것인데, 방위사업청장이 먼저 이렇게 나서 주니 수호로서는 굳이 뺄 이유가 없었다.

한편, 옆에서 자신의 조카가 하는 모양을 지켜보던 정상현은 속으로 너무도 기가 막혔다.

나쁜 쪽이 아닌 아주 좋은 쪽으로.

사업은 일절 해 본 적이 없던 조카가 수십 년을 굴러먹은 세일즈맨처럼 영업을 하고 있었기 때문이다.

더욱이 갑중의 갑인 차관급 공무원을 상대로 말이다.

8. 똥파리

경기도 하남시에 있는 골프 연습장.

1월 넷째 주 토요일 오전 7시, 이제 겨우 해가 떠오르는 시각이다 보니 골프장에는 손님이 별로 없었다.

핑!

강렬한 드라이브 샷에 허공을 가르는 소리가 울렸다.

"나이스 샷!"

짝짝짝!

함께 라운딩을 하던 사람들은 방금 전 티샷을 한 사람에게 축하의 말을 전했다.

"위원님, 날이 갈수록 드라이브 샷이 정교해지시는

것 같습니다."

문성국은 국방위 위원인 채낙연 의원을 보며 말을 걸었다.

"하하, 이거 오늘 드라이브가 잘 맞는군."

함께하는 사람들에게 덕담을 들은 채낙연이 빙그레 미소 지으며 대답하였다.

이제 겨우 시작 3홀인데, 보기 없이 파만 기록하고 있었다.

평소의 그의 골프 실력이라면 잘해야 +1 정도였는데, 오늘은 드라이브가 착착 감기면서 비거리가 평소보다 20야드 정도 더 나갔다.

뿐만 아니라 비거리도 그렇지만, 러프나 디봇에 빠지지 않고 페어웨이에 잘 들어섰다.

그러다 보니 필드 공략이 쉬워지고 그린에 올리기 편해 보기 없이 파 세이브를 이어 갔다.

아쉬운 것은 그린 위에서 퍼팅이 살짝 흔들렸다는 점이다.

그 탓에 그린에 잘 올렸으면서도 규정 타수보다 1타 적게 홀컵에 골프공을 넣는 버디가 나오지 않고 있었다.

하지만 채낙연의 표정은 밝았다.

아직까지 드라이브가 잘 맞고 있기에, 그리고 언더파

만 해도 어딘가.

그의 구력은 +13이였다.

규정 타수인 72타에서 오버가 13이나 되는 85타라는 소리다.

나이가 있고, 또 아마추어치고는 꽤 잘하는 편에 속하는 것이다.

그렇지만 채낙연은 동료 의원들과 골프를 칠 때면 제 실력을 발휘하지 못하는 편이었다.

하지만 오늘은 이대로만 간다면 개인 신기록을 세울 수도 있을 것 같아 기분이 너무 좋았다.

"채 의원, 어디 우리 몰래 프로에게 개인 레슨이라도 받고 온 거야?"

평소보다 월등한 실력을 발휘하는 채낙연을 보며 또 다른 국회의원인 신중식이 물었다.

그렇지만 그건 정말로 궁금해서 물어보는 것이 아닌, 일상적으로 하는 그저 의미 없는 말이었다.

"그러게 말입니다. 그런데 개인 레슨도 레슨이지만 저 비거리 좀 보십시오. 의원님만 몰래 좋은 걸 드신 것 같은데요."

오늘의 골프 모임의 마지막 멤버인 주상욱이 말을 이어받았다.

이들이 이렇게 주말 이른 아침에 모여 골프를 치는

것은 단순히 건강을 위해 혹은 골프란 스포츠를 즐기기 위해 모인 것이 아니다.

그렇다고 해서 처음부터 사업적인 이야기를 하지는 않고, 골프를 즐기다 어느 정도 분위기가 무르익으며 적당한 때, 사업 이야기를 하는 것이다.

그런데 국회의원이 무슨 사업을 이야기할까, 라고 생각할 수도 있지만 그렇지 않다.

작은 사업이야 국회의원이 필요 없을지도 모르지만, 큰 사업, 특히나 국가에서 추진하는 사업을 하기 위해선 정부 부처나 국회의원을 끼지 않으면 절대로 할 수가 없다.

특히나 군과 관련된 사업은 사실 땅 짚고 헤엄치는 것만큼이나 쉽고 수익이 컸다.

그러다 보니 이렇게 군과 관련된 국회의원들과 어울려 로비를 하는 것이다.

저벅저벅.

티샷을 치고 공이 떨어진 페어웨이까지 걸어가던 주상욱이 조심스럽게 말을 꺼냈다.

"의원님, 그런데 이야기 들으셨습니까?"

별거 아니란 듯 자연스럽게 채낙연과 신준식 의원을 보며 물었다.

그런 주상욱의 물음에 주어가 빠져 있다 보니 어떤

것을 이야기하는지 알 수가 없었기에 신준식 의원이 주상욱을 돌아보며 도리어 질문을 하였다.

"어떤 이야기를 들었냐는 건가?"

자신의 질문에 되묻는 신준식 의원에게 주상욱이 슬쩍 미소 지으며 대답하였다.

"2017년, 감사원이 실시한 전력 지원 물자 획득 비리 기동 점검으로 인해 중단된 사업이 다시 추진된 이야기 말입니다."

"아, 그거!"

주상욱이 설명을 한 뒤에야 그가 무슨 소리를 한 것인지 알게 된 신준식이 소리쳤다.

"그게 뭔가?"

아직 무슨 소린지 깨닫지 못한 채낙연이 물어보자 신준식 의원이 대답하였다.

"아, 맞다. 당시 채 의원은 국방위 소속이 아니라 기억하지 못할 거야."

신준식은 동료 의원인 채낙연을 보며 그렇게 대답하였다.

2017년 당시에 채낙연은 국방위 소속이 아니었기에 군납 비리에 대해 잘 모를 수도 있어 그렇게 대답했던 것이다.

그러면서 신준식은 잘 모르는 채낙연을 위해 당시 사

건을 자세히 설명해 주었다.

"그런 일이 있었어?"

"그래, 그런데 왕 청장이 그 사업을 다시 시작했다고? 그럴 예산이 방위사업청에 남아 있었나?"

대답하는 신준식은 고개를 갸웃거리며 문성국을 쳐다보았다.

그런 정보는 전직 국정원 2차장이었던 문성국이 잘 알고 있었기 때문이다.

"방사청의 왕 청장이 국방부 장관인 김주성 장관을 만나 긴급 예산 신청을 하여 추진하는 것으로 알고 있습니다."

"그래? 김 장관이 우리와 의논도 하지 않고 긴급 예산을 투입했다고?"

이야기를 들은 채낙연이 두 눈을 크게 뜨며 소리쳤다.

아무리 국방부 장관이라 하지만 예산을 사용하는데, 국방 위원인 자신들과 아무 사전 의논도 없이 집행하는 것은 그냥 두고 볼 수 없는 일이었다.

"그런데 다시 진행되는 전력 지원 물자 획득 사업을 하는데, 특정 업체를 밀어 주고 있다는……."

문성국의 말이 끝나기 무섭게 주상욱이 끼어들어 말했다.

사실 이것이 오늘 골프 모임을 갖는 주상욱의 목적이었다.

방위사업청이 재개하는 전력 지원 물자 획득 사업에 걸려 있는 예산이 수천억이나 되기 때문이다.

물론, 방위사업청 왕홍정 청장이 국방부 장관으로부터 긴급 자금으로 허가를 받은 예산은 그것의 1/10 정도에 지나지 않지만, 그것은 다시 사업을 진행하기 위한 마중물이었다.

이런 생각을 하고 있기에 주상욱은 전력 지원 물자 획득 사업권을 따낸 SH화학이 아닌 자신이 운영하는 심양컴택으로 돌리기 위해 이들에게 로비를 하는 것이다.

"그래, 거기가 어딘가?"

신준식은 눈을 반짝였다.

이렇게 주상욱 사장이 나서는 것을 보니 뭔가 바라는 것이 있음을 깨달은 그는 잘만 하면 자신에게도 뭔가 떨어지는 것이 있을 것 같다는 생각을 하였다.

"작년에 생긴 신생 기업인데, SH화학이라고 들어 보셨을 겁니다. K—9용 신형 장약과 그것을 담는 불연 주머니를 개발한 회사입니다."

"아!"

국방위 위원이다 보니 채낙연 의원이나 신준식 의원

도 들어 본 회사다.

비록 설립된 지는 몇 개월 되지 않는 곳이지만 거기에서 개발한 것이 대한민국 전력에 지대한 영향을 미친 물건이었기 때문이다.

포탄 장약과 그것을 담을 주머니가 그런 정도로 영향을 줄 수 있냐고 말할 수도 있지만 그렇지 않다.

대한민국 국방부, 이를 아는 사람들이 부를 때는 국방부라 바로 부르지 않고 다른 별칭으로 부른다.

이때 부르는 국방부의 별칭은 바로 포방부였다.

여기서 포방부가 무엇인가 하면, 대한민국 국방부가 예산을 가장 많이 사용하고 있는 곳이 육군이고, 또 육군 중에서도 가장 화력이 막강한 포병에 집중하고 있기 때문에 포방부라 부르는 것이다.

사실 인구 5천만이 겨우 넘는 정도에 지나지 않는 대한민국에 포병 전력은 상상을 초월한 수준이다.

포병 전력만 따지면 육군 강국인 러시아에 필적할 정도로 막강한 전력을 가지고 있다.

그리고 대한민국에는 세계에서 알아주는 톱클래스의 자주포 K—9 썬더가 있다.

독일의 PzH—2000에 비교해도 손색이 없는 자주포지만 약간 뒤지는 성능이 옥에 티다.

가격이나 기동성 등은 세계 최강의 PzH—2000 자

주포에 우세 내지는 동급이지만 화력 측면에서 조금 못미쳤다.

독일 화포 명가인 라인 메탈사의 52구경장 155mm포를 장착하고 있는 PzH—2000은 분당 발사 속도가 여덟 발로 3분간 발사할 수 있으며, 한 시간 동안 지속적으로 분당 세 발씩 발사할 수 있었다.

이에 반해, 대한민국의 K—9은 분당 발사 속도에서 PzH—2000에 비해 두 발 정도 느리며 한 시간 지속 사격에서도 차이가 있었다.

약실 내 온도 조절에 대한 설계가 PzH—2000에 비해 부족하며, 사용되는 장약도 경쟁자인 PzH—2000가 사용하는 장약에 비해 둔감도가 떨어졌다.

그 때문에 사격 훈련 중 무리한 사격으로 장약이 내부에서 폭발하는 사고가 발생하였다.

그리고 그러한 이유 때문에 대한민국 국방부는 신속하게 독일이 사용하는 장약에 버금가는 신형 화약을 개발하란 지시가 내려왔다.

하지만 독일 PzH—2000가 사용하는 화약과 비슷한 화약을 단시간에 개발하는 것은 쉬운 일이 아니다.

하지만 수호의 기지로 화약이 안 되면 다른 방법으로라도 포의 약실의 높은 온도를 화약이 직접적으로 전달되지 않게 만들어 장약을 공급하였다.

비록 국방부가 원래 원하던 것과는 형태가 다르지만 요구 성능을 충족하는 물건이 만들어졌다.

더욱이 장약의 폭발력이 30%나 늘어나게 되면서 사거리 연장탄을 쓰지 않고도 군이 요구하는 사거리 60㎞를 완성했다.

이러한 신형 K—9용 장약을 생산하여 납품하는 회사가 바로 SH화학이었기에 국방위에 있는 두 사람도 SH화학의 이름을 들어 보았다.

"설마 그곳에서 군의 ROC를 충족하는 방탄복을 개발했다는 것인가?"

너무 놀란 신준식이 물었다.

"방탄복도 방탄복이지만……."

"그게 아니면?"

채낙연이 너무도 이상한 주상욱 사장의 말에 빠져들며 물었다.

"방탄 스프레이라는 것을 개발했다고 합니다. 그래서……."

어떻게 알게 된 것인지 모르겠지만 주상욱 심양컴택 사장은 수호가, 아니, 정확하게는 슬레인이 만들어 낸 방탄 스프레이가 SH화학의 이름으로 방위사업청에 납품 계약을 했으며, 그것이 정확하게 어떤 식으로 사용이 될 것인지 이야기하였다.

"뭐야? 그게 정말인가?"

막 골프공이 있는 페어웨이에 도착하여 2타를 치려던 문성국이 놀라 하던 것을 멈추고 소리쳤다.

그도 SH화학에서 무언가를 개발해 방위사업청과 납품 계약을 했다는 정보는 들었다.

하지만 그 안의 자세한 것은 아직 듣지 못했다.

그런데 어떻게 알았는지 심약컴택의 주상욱 사장은 자세한 내막까지 알고 있었다.

"그것의 개당 가격은 6만 원이라고 하는데, 그 성능을 감안한다면 그 가격은 거저나 마찬가지입니다."

주상욱은 무슨 이유에서인지 방탄 스프레이의 납품가까지 언급하며 국방위 위원인 채낙연과 신준식 의원의 눈치를 살폈다.

'아!'

주상욱 사장의 이야기를 들은 신준식과 채낙연은 가던 걸음도 멈추고 깊은 생각에 빠졌다.

그 정도로 훌륭한 물건이 6만 원에 납품된다는 주상욱의 말에 뭔가 아깝다는 생각이 들었다.

아니, 자신의 물건도 아니면서 SH화학이 방위사업청에 개당 6만 원에 팔건 그보다 비싸게 팔건 무슨 상관이란 말인가.

하지만 돈 욕심에 빠진 두 사람은 정상적인 사고를

하지 못했다.

한편, 주상욱으로부터 자세한 정보를 듣게 된 문성국은 또 다른 생각을 하였다.

'헐, 그런 물건을 겨우 6만 원? 나라면 최하 20만 원은 불렀다.'

너무도 낮은 가격에 납품하는 SH화학을 비웃던 문성국은 다시 생각했다.

'아니지. 굳이 한국에만 납품할 것이 아니라 미국이나 중국이라면…… 대박!'

전 세계의 전장으로 군대를 파견하는 미국이나, 어떻게든 미국을 따라잡겠다며 해가 갈수록 계속 국방비 지출을 늘리고 있는 중국을 생각하자 그것은 진짜로 노다지였다.

조금 전 심양컴택 주상욱 사장의 말이 반만 맞다고 해도 그것은 부르는 것이 값이었다.

물론, 한정 없이 높은 가격을 부를 수는 없겠지만 그 물건은 방탄에 한해서 범용성이 상당히 높았다.

뿌리기만 하면 기성 제품의 성능을 별다른 조치 없이 한 단계 향상시킬 수 있었다.

그런데 그런 물건을 최고의 방탄복에 뿌리게 되면 어떻게 될까.

어쩌면 SF영화에 나오는 물건도 만들어질 수 있을 것

같았다.

아니, 미국이라면 그것이 가능할 것 같았다.

뿐만 아니라 이제는 중국에도 밀리고 있는 러시아도 충분히 이것을 가지고 획기적인 물건을 만들어 낼 수 있을 것이란 생각을 하게 되자 문성국의 가슴이 뜨겁게 타올랐다.

'잡자!'

'가치를 모르는 놈들은 그것을 가질 자격이 없어! 그것의 주인은 나야!'

생각을 정리한 채낙연이나 신준식, 그리고 문성국은 각자 무슨 결심을 한 것인지 동시에 서로의 얼굴을 쳐다보았다.

*　　　　*　　　　*

용인 SH화학은 처음 이곳에 자리를 잡을 때와는 격세지감이 느껴질 정도로 외양적으로 많은 것이 바뀌었다.

불과 몇 달 전까지만 해도 이곳 주변에는 4층짜리 건물이 달랑 하나 있었다.

하지만 그것도 한 달 정도가 지나자 그 옆으로 커다란 조립식 공장이 들어섰다.

뿐만 아니라 또 두 달 정도가 지나자 이번에는 반대쪽에 전에 지었던 조립식 공장보다 두 배나 규모가 큰 건물이 들어서고 있었다.

쿵쾅! 쿵쾅!

요란한 소음이 주변을 울렸지만 그것에 뭐라고 불평하는 사람은 아무도 없었다.

이들은 급속히 확장되고 있는 회사의 규모에 그저 싱글벙글 즐거워하고만 있었다.

저 공장만 완공되면 SH화학은 더욱 사세가 확장될 것이기 때문이었다.

SH화학은 정상현과 정중현 형제가 자신들의 몇몇 인맥을 이용해 끌어들이며 설립한 회사다.

물론, 그 기반이 되는 기술은 수호가 준 것이지만, 그것을 아는 사람들은 몇 없기에 일반 사원들과 공장에서 일하고 있는 근로자의 경우, 사장인 정상현과 전무인 정중현이 SH화학의 모든 것을 만들었다고 알고 있었다.

아무튼 신기술을 이용해 불연 화합물을 생산하여 세상을 놀라게 하더니, 이번에는 더욱 기발한 물질을 개발해 제품이 나오기도 전에 엄청난 계약을 따왔다.

그것도 정부와 신생 기업인 SH화학이 단독으로 수주한 것은 물론이고, 모든 계약을 SH화학이 혼자 감당할 수 없어 일부는 다른 기업에 하청을 주기도 했다.

이제 겨우 직원이 50명도 되지 않는 작은 기업인 SH화학이 그보다 훨씬 직원 수가 많은 중견 기업에 하청을 준 것이기에 직원들의 자부심은 대단했다.

그래서 그런지 주변에 소음이 크게 울리고 있음에도 별로 인상을 찡그리지 않고 새로운 공장이 빨리 완공되기를 기다리는 중이다.

"아버지, 저 건물은 언제쯤 완공이 돼요?"

수호는 오랜만에 들른 SH화학의 신 공장 건설을 보며 물었다.

"이번 주 안에 외형은 완공이 될 것이다."

"그래요? 그럼 안에 들어갈 설비는 이달 중순이면 설치가 되겠군요?"

공장의 외형이야 조립식 패널을 이용하였기에 금방 짓겠지만, 안에 들어가는 설비가 문제였다.

조금이라도 빨리 납품하라는 방위사업청의 요구를 떠올린 수호가 작게 중얼거렸다.

"중간에 문제만 생기지 않는다면 이달 18일 정도면 설치가 될 것이지만 원료가 문제다."

중현이 이야기하던 중 미간을 찌푸리며 대답하였다.

어디서 문제가 발생한 것인지 방탄 스프레이나 방탄복에 들어갈 신소재를 만들 원료가 되는 물질을 구하는 것에 애로를 겪고 있었다.

"아니, 그게 무슨 소리예요? 원료 수급에 문제가 발생하다니요?"

수호는 좀처럼 아버지의 말이 이해가 되지 않았다.

방탄 스프레이에 들어가는 원료는 무슨 특별한 것이 아니다.

아니, 특별한 것이 있기는 했지만 그렇다고 구하지 못할 정도로 비싸거나 하지 않았다.

산업 전반에 사용하는 것들이기에 몇 가지를 빼면 쉽게 구할 수 있었다.

그런데 원료 수급이 원활하지 못하다고 하자 인위적인 뭔가가 작용했을 거라는 위화감을 느꼈다.

그리고 그러한 위화감은 비단 수호만 느끼는 것이 아니었다.

＊　　　　＊　　　　＊

"굳이 다른 회사와 협력할 생각이 없습니다."

정상현은 자신을 찾아와 기술 협력을 하자는 남자의 말에 어처구니없다는 표정으로 단호하게 대답하였다.

아니, 신물질을 개발하고 상품까지 완료하여 계약까지 끝냈다.

공장이 지어지면 바로 제품을 생산하여 납품만 하면 바로 돈이 들어오는데, 이를 굳이 다른 사람과 손잡고 이득을 나눌 이유가 없는 것이다.

그럼에도 느닷없이 자신을 찾아와 협력하자고 하는 이들의 저희가 의심스러웠다.

더군다나 이들은 상현이 살아오는 동안 한 번도 안면이 있던 사람도 아니다.

"요즘 공장에 원료를 구입하는 것이 쉽지 않을 텐데요."

오자마자 느닷없이 방위사업청과 납품 계약을 한 방탄 스프레이의 특허권을 넘기라던 남자가, 나중에는 계약까지 자신들에게 협력하라고 협박 아닌 협박을 했다.

그리고 지금 회사 내에 고위층과 담당 직원만 알고 있는 사항을 어떻게 알았는지 은근한 목소리로 이를 끄집어냈다.

"뭐야? 혹시……."

상현은 신공장이 완공되면 바로 생산을 위해 준비하는 원료 공급이 어려워진 것을 어떻게 알았는지 이를 언급하는 사내의 말에 무언가 눈치를 채고 물었다.

"우리가 아니면 사업이 힘들 텐데, 그래도 되나?"

문성국은 야비한 미소를 지으며 정상현을 놀리듯 이야기하였다.

"이런……."

사업을 하면서 이런 유의 이야기를 들어는 보았다.

군납과 관계된 비리에 대한 소문이었다.

LC나 쌍성과 같은 거대 기업이라면 모르겠지만, 군납을 하는 군소 기업은 이런 경우가 있다는 소문을 들었다.

그런데 상현은 설마 자신들에게도 그런 군피아들이 찾아올 줄은 예상하지 못했다.

그도 그럴 것이, 이번 사업은 특수부대원 출신의 조카 수호가 직접 사업을 따왔기 때문이다.

군납에는 인맥이 필요하다는 것을 알기에 조카가 하는 일에 일절 자신은 관여하지 않았다.

어차피 조카인 수호가 상품을 개발하고 계약까지 알아서 했기에 자신은 조카가 부르면 가서 방위사업청장과 계약하는 일밖에 없었다.

그래서 군피아가 이번 사업에 끼어들 구멍이 없다고 생각했다.

하지만 자신의 생각을 비웃기라도 하듯 이렇게 찾아와 특허를 내놓고 방위사업청과 하는 사업을 자신들에게도 넘기라 하고 있었다.

"그게 가능할 것이라고 보는 거요?"

이들이 찾아와 협박한다고 해서 순순히 들어줄 상현

이 아니었다.

상현은 계속해서 윽박지르며 은근하게 협박을 하는 문성국과 그 일당을 보며 소리쳤다.

쿵!

"뭐야!"

막 큰 소리를 치는 정상현에게 자신의 위용을 내보이려던 문성국은 갑자기 들린 문 부서지는 소리에 깜짝 놀라 출입문이 있는 곳을 쳐다보았다.

그런데 그곳에는 문 앞에 세워 둔 자신의 부하 둘이 쓰러져 있었다.

*   *   *

저벅저벅.

"아버지, 그런 일이 있었으면 제게 연락을 했어야죠."

회사의 신제품이 될 방탄 스프레이의 원료 수급에 문제가 있다는 말에 수호는 복도를 걸으며 이야기하였다.

이 문제는 회사 사장인 큰아버지와도 의논해야 할 문제였기에 사장실로 가는 길에 계속 대화를 하고 있었다.

"어? 당신들 뭔데, 문을 막고 있는 거야?"

수호는 큰아버지가 업무를 보고 있는 사장실 앞에 문을 막고 있는 검은 선글라스에 검은 양복을 입고 있는 사내 둘을 보며 물었다.

"잠시만 기다려!"

사장실 입구를 막고 있는 검은 양복의 사내들은 수호의 물음에 대답도 하지 않고 그저 한 손을 앞으로 내밀며 수호를 제지하였다.

그런 사내들의 모습에 살짝 눈썹을 꿈틀거린 수호는 잠시 끓어오르는 화를 눌러 참으며 나직하게 다시 한번 물었다.

"당신들 뭔데, 문을 막고 있는 거야?"

이번에는 끝말이 조금 올라가며 수호의 심기가 좋지 않음을 나타냈다.

하지만 수호의 감정과는 상관없다는 듯 그를 막아선 사내들의 태도는 변함이 없었다.

아니, 조금 전보다 더 강압적인 모습을 보였다.

"넌 우리 고문님께서 이야기가 끝나면 들어가."

"이런……."

수호는 사내들 중 한 명의 말이 끝나자 짧게 소리치고는 바로 실력 행사에 들어갔다.

딱 봐도 뭔가 체계적인 훈련을 받은 사람들이 분명해 보였지만 수호는 그런 것을 걱정하지 않았다.

대한민국에서, 아니, 지구상 그 누구도 자신이 제압하지 못할 자가 없기 때문이었다.

자신을 막기 위해 한 팔을 앞으로 내민 사내의 손목을 한 손으로 붙잡은 수호는 그 손목을 바로 반대쪽으로 비틀어 꺾었다.

"윽!"

수호의 손에 제압된 사내는 손목과 어깨에서 느껴지는 고통에 비명을 질렀다.

"비켜나지."

한 사내를 제압한 수호는 마지막에 인내를 발휘해 나직하니 비켜나라 말했다.

하지만 사내들은 그 순간에도 자신들의 숫자가 많다는 것에 취한 나머지 수호의 경고를 무시했다.

그러나 무시한 대가는 확실했다.

"그 손 못 놔!"

사내 중 한 명이 수호에게 소리치며 달려들었다.

휙!

쿵!

자신을 향해 달려드는 사내를 보며 수호는 그의 품으로 뛰어들더니 오른쪽 어깨로 그 사내의 가슴 중심을 밀었다.

그러자 수호의 어깨에 부딪힌 사내는 그 힘에 밀려

나갔고, 수호를 공격하려던 사내는 자신의 동료의 몸과 부딪혔다.

그렇게 사내들이이 서로 한 덩어리가 되어 사장실 문과 부딪혔다. 이윽고 그들은 문을 부수고 사장실 바닥에 쓰러졌다.

그러자 사장실의 풍경을 본 수호의 눈이 세모꼴로 변했다.

사장실 안에는 자신의 둘째 큰아버지와 이름 모를 사내 세 명이 있었다.

그런데 그 사내들이 취하고 있는 모습이 전형적인 조폭들이 일반인을 억압하고 협박하는 것과 일치했다.

"너희 누구냐?"

너무 화가 나다 보니 오히려 머릿속이 차갑게 식어 버렸다.

"너희 뭔데 남의 회사에서 주인 행세를 하고 있냐?"

더 이상 상대를 존중해 줄 필요성을 느끼지 못한 수호는 딱 봐도 자신의 아버지와 얼마 나이 차가 없어 보이는 문성국과, 그보다는 젊은 사내들을 보며 말하였다.

그런 수호의 거침없는 물음에 문성국의 뒤에 병풍처럼 자리하고 있던 사내 중 한 명이 품에 손을 집어넣었다 뺐다.

"헉!"

품에서 뺀 사내의 손에는 이탈리아의 명품 총인 베레타가 한 자루 들려 있었다.

권총을 든 사내의 모습에 수호의 뒤를 따라 안으로 들어오던 중현이 보고 놀라 신음을 흘렸다.

하지만 자신을 향해 권총을 내보인 사내를 보며 수호는 더욱 차갑게 경고했다.

"죽고 싶지 않으며 그거 내려놔라."

한편, 본능적으로 권총을 꺼내 수호를 겨누던 사내가 갑자기 움찔하였다.

사내의 정체는 문성국이 국정원 2차장을 할 때, 그의 밑에 있던 요원이다.

문성국이 정권이 바뀌면서 현장을 떠날 때 함께 국정원을 나와 그의 밑에서 지금까지 일을 하고 있었다.

그러다 보니 문성국을 따라다니면서 많은 사람들을 만나 왔다.

하지만 그 어떤 사람도 총 앞에서는 벌벌 떨었다.

그게 특전사나 해병대를 나온 사람들도 예외는 없었다.

총이 없을 때는 그렇게 큰 소리를 치고 윽박지르던 사람들도 자신이 총을 꺼내면 그때는 주춤거리며 한 걸음 물러나 빌빌거렸다.

그런데 지금 앞에 있는 20대 초반으로 보이는 사내는 그렇지 않았다.

일반 사람과는 눈빛부터 달랐다.

뿐만 아니라 조금 전 '죽고 싶지 않으면'이라는 말을 할 때 언뜻 그의 눈에 살기가 감도는 것을 느꼈다.

그것은 절대로 평범한 사람이 보일 수 있는 눈빛이 아니었다.

사람을 죽여 본 사람만이 낼 수 있는 것이었다.

이는 그 또한 국정원에 있을 때 작전을 위해 사람을 죽여 보았기에 잘 알았다.

혹여 다른 점이 있다면, 자신은 지금도 사람을 향해 총을 겨눌 때면 심장이 조금 빨라졌다.

이는 사람을 죽일 수도 있다는 강박 관념 때문에 긴장해서 그런 반응이 신체에 일어나는 것이다.

물론, 그렇다고 해서 그런 상황이 되면 망설임 없이 방아쇠를 당겼다.

그것은 국정원 요원 시절뿐만 아니라 문성국을 따라다니며 이권에 개입하면서 살인을 했을 때도 마찬가지다.

하지만 눈앞에 있는 사람은 달랐다.

앞에 있는 수호에게서는 긴장감이나 그 어떤 느낌도 전혀 받지 못했기 때문이다.

다만 다년간 특수 요원으로 활동했던 경험에서 느껴진 본능적인 생존 감각으로 인해 벌어지는 감각이었다.

그런데 이런 생존 본능을 사내는 어떻게 받아들여야 할지 순간 갈피를 잡지 못했다.

이는 그가 현장을 떠난 지 벌써 10년이 다 되었기 때문에 벌어진 일이다.

"분명 경고했다. 총 내려놓으라고."

수호는 마지막 경고를 하였다.

"이런, 김 부장! 왜 그리 성격이 급해. 얼른 그거 집어넣어!"

상황을 지켜보던 문성국이 인상을 찡그리며 소리쳤다.

정상현 사장 혼자 있을 때는 권총을 꺼내도 상관없었다.

혼자 있을 때야 그런 것을 봐도 어떻게든 넘길 수 있었다.

하지만 지금처럼 여러 명이 그것을 목격하게 되면 문제가 달라진다.

비록 두 명이 더 추가된 것이지만 단순하게 넘길 수가 없었다.

대한민국은 총기 소지가 불법인 나라다.

국가 기관에 허가를 받은 일부 사람만이 가능했다.

하지만 허가받았다고 개인이 총을 보관할 수 있는 것도 아니다.

총기류는 사고 위험을 방지하기 위해 엄격히 통제된 곳에 보관을 하는데, 그곳은 바로 경찰서였다.

그런데 사냥용 총도 아니고 휴대가 간편한 권총은 두말할 것도 없다.

아니, 권총은 특정 직업, 그러니까 군인이나 경찰에게만 허가가 되고 일반에게는 허가 자체가 나지 않는다.

그런데 경찰이 아닌 자들이 권총을 가지고 있는 것을 한 명도 아니고 몇 명이 목격했으니 문성국으로서는 이를 어떻게든 무마시켜야만 했다.

그래서 상현이나 중현, 그리고 수호가 정확한 정체를 알아보지 못하게 직책으로 그를 부른 것이다.

제복이 아닌 양복을 입고 권총을 가지고 있는 사람 중 직책으로 부르는 부류를 일반인이 어떻게 생각할지 뻔했기에 이들을 속이기 위해 그런 것이다.

아니, 속인 것도 아니었다.

문성국은 국정원을 퇴직하고 자신을 따르는 부하 직원들과 함께 몇몇 협력자들의 도움을 받아 사조직을 만들었고, 김 부장은 그곳에서 정말로 부장이란 직급을 가지고 있었기 때문이다.

"오늘은 날이 아닌 것 같으니 우린 이만 가 보도록 하지. 그런데 정 사장! 내가 한 말 잘 생각해 보도록 해!"

권총을 빼들고 아직도 어떻게 할지 판단을 못 하고 있는 김 부장의 손을 내리며 정상현에게 경고성 이야기를 하였다.

한편, 자신을 향해 권총을 들이밀고 있는 김 부장이란 자에게 달려들려고 할 때, 그를 제지하는 문성국을 보며 눈을 반짝였다.

'슬레인, 이자가 누군지 알아봐.'

수호는 뇌파를 이용해 슬레인에게 지시를 내렸다.

그러자 그의 왼팔에 부착된 스마트 워치에서 불빛이 짧게 반짝였다.

"젊은 사람이 상황 파악을 못 하면 오래 살기 힘들어."

수호가 막 슬레인에게 지시를 내리고 있을 때, 정상현에게 경고를 마친 문성국은 수호의 옆을 지나치며 작게 쏘아붙였다.

9. 적을 알다

SH화학을 나온 문성국과 그 일행들은 주차장에 세워 둔 검정색 벤츠에 올랐다.

하는 일이 그렇다 보니, 타고 다니는 차에서부터 다른 사람들에게 급이 높아 보여야 했기에 벤츠 중에서도 최고급 사양으로 타고 다녔다.

텅!

"좀 알아봐!"

밑도 끝도 없는 말이었지만 문성국이 누구를 지칭한 것인지 알아듣고 대답하였다.

"알겠습니다."

다른 사람들이 문성국의 지시에 대답할 때, 수호에게 총을 겨누며 위협했던 김 부장이 그를 불렀다.

"그런데 소장님."

김국진이 조심스럽게 문성국을 불렀다.

"왜?"

자신을 부르는 김국진의 목소리에 문성국이 미간을 찌푸리며 물었다.

조금 전 그가 느닷없이 총을 꺼내 드는 바람에 일이 심각해질 뻔했기 때문이다.

"아무래도 느낌이 좋지 않습니다."

다른 설명도 없이 김국진은 굳은 표정으로 자신의 생각을 말하였다.

"느낌이 좋지 않다니?"

"다른 때 같았으면 그저 분위기를 우리 쪽으로 유리하게 만들기 위해 총을 보여 주는 것만으로도 충분했습니다."

무엇 때문에 문성국이 화가 나 있는지 잘 알고 있는 김국진은 계속 굳은 표정으로 이야기하였다.

하지만 이를 듣고 있는 문성국의 표정은 조금 전 일이 잘 풀리지 않아 짜증이 나 있는 것에서 당황한 것으로 변하였다.

자신이 알고 있는 김국진은 절대로 자신의 실수에 대

해 변명하는 사람이 아님을 너무도 잘 알고 있었기 때문이다.

그리고 생각해 보면 조금 전 사무실 안에서 그의 행동이 조금 이해되지 않은 것도 사실이었다.

대한민국에서 총기류와 연관이 되어 자유로운 집단은 그 어디에도 없다.

그것이 국가에서 인가를 받은 조직이라도 말이다.

그런데 은근슬쩍 보이는 것이 아니라 몸 밖으로 빼, 겨누기까지 한 것이라면 문제가 발생할 수 있었다.

그렇기 때문에 자신도 일이 어그러질 수 있다는 것에 화를 낸 것인데, 이야기를 듣고 보니 그게 아니었다.

"그때 총을 꺼내지 않았다면 저희가 큰 낭패를 볼 수도 있겠다는 판단에 총을 꺼냈던 것입니다."

"뭐?"

너무 놀란 문성국은 자신도 모르게 소리를 질렀다.

김국진은 주로 현장에서만 뛰던 베테랑이다.

자신처럼 10년 정도 현장에 있다 라인을 타고 승진을 하던 것이 아니라 정말로 현장에서 뼈와 살을 깎아 가며 간첩이나 스파이들을, 그리고 이적 행위를 하는 자들을 조사하던 현장 요원이었다.

그 때문에 북한에서 파견된 간첩은 물론이고, 국내 산업의 첨단 기술을 빼내려는 중국의 스파이 혹은 동맹이지만 대한민국을 언제까지나 자신들의 애완견으로 목줄을 채우려는 미국, 그리고 영원한 라이벌인 일본의 내각 조사실 요원들과도 보이지 않는 전쟁을 하던 정예다.

그러다 보니 김국진은 국정원 내에서도 상당히 유능한 요원으로 이름이 알려졌다.

하지만 그런 김국진이 모종의 이유로 좌천이 되었을 때, 그를 구해 준 이가 바로 문성국이었다.

그로 인해 김국진은 국정원 2차장인 문성국에게 충성을 다하며 그가 국정원을 나설 때, 함께 옷을 벗고 그가 설립한 아시아 평화 연구소라는, 정체를 알 수 없는 단체에 몸을 맡겨 오늘까지 함께하고 있다.

그런 김진국이 총을 꺼내지 않으면 안 되었다는 말에 놀란 문성국은 한동안 말을 하지 못했다.

'내가 너무 성급했던가?'

문성국은 골프 모임에서 들었던 이야기에 자신이 너무 성급하게 굴었던 것은 아닌가 하는 자책을 하였다.

평소처럼 작업에 들어가기 전, 해당 회사에 대한 조사를 했다.

하지만 다시 조사한 정보를 확인했을 때, 자신이 신경 써야 할 정도로 민감한 내용은 없었다.

사실 이런 일을 할 때 정보는 무엇보다 중요하다.

겉으로 보기에 별거 아닌 것 같았지만 모든 일에는 잡음이 생기기 마련이다.

그것을 해결하는 것은 상대가 어떤 카드를 가졌는지 알고 그에 적당한 카드를 제시하는 것이다.

그런데 SH화학과 방위사업청 간의 관계를 조사할 때 별다른 내용이 나온 것은 없었다.

그저 조금 신경 쓰이는 것이라면 아레스라는 PMC가 끼어 있다는 점이었다.

PMC인 아레스에 관해서는 문성국도 알고 있다.

전직 특수 작전 사령부 산하 흑룡 부대가 모종의 일로 불만을 품고 사령관을 비롯한 다수의 장교와 부사관들이 전역하여 설립한 회사다.

그리고 중요한 것은 특전사 부대가 민간군사기업이 되었다는 것이 아니라 정부에 정식 허가를 받은 PMC라는 것이다.

그것도 여느 PMC와 다르게 총기류는 물론이고, 군용 장비를 운용할 수 있는 권한을 인정받은 민간 회사라는 것이 다른 국내 PMC와 달랐다.

이 때문에 문성국도 한때 아레스와 같은 PMC를 만들까 하는 계획을 세운 적이 있었다.

하지만 결론적으로 말하자면 그건 반려되었다.

무슨 이유에서인지 아레스는 허가가 났지만 자신이

신청한 것은 불허가 된 것이다.

이에 문성국은 좀 더 자세히 아레스에 대한 정보를 수집해 보았지만 어느 순간 경고를 들었다.

아레스에 관한 조사를 하는 것은 이적 행위로 간주하여 문성국과 그가 설립한 아시아 평화 연구소를 폐기하겠다고 말이다.

이에 놀란 문성국은 자신이 속한 비밀 조직에 이야기하여 알아보았고, 그런 경고가 날아온 내막을 알게 되었다.

대한민국 내에는 많은 조직들이 활개를 치고 있었다.

그것이 문성국이 속한 조직은 물론이고, 퇴역 군인들이 모인 집단이 있는가 하면, 경찰과 정부의 고위 공무원들로 이루어진 조직, 또 국회의원들로만 이루어진 집단 등 다양한 군상들이 자신들의 이익을 위해 조직을 이루고 있다.

그중 문성국이 속한 조직은 국회의원들이 주축이 되어 정부 부처의 고위직 공무원과 재계의 인물들이 모인 광범위한 조직이다.

그렇기에 조사를 통해 퇴역 군인들이 모여 만든 아레스가 연관되어 있다는 것을 알고 있었음에도 정작 아레스와 SH화학 간에는 그저 단순히 계약 관계가 있을 뿐이지, 아레스가 SH화학의 지분과 관련된 것이 아님을 알고 작업에 들어갔다.

SH화학과 방위사업청 간의 계약만 해도 엄청난 이윤이 약속되어 있었다.

뿐만 아니라 이를 국내만이 아닌 외국으로 눈을 돌리면 더 많은 이득이, 천문학적인 달러가 땅바닥에 널려 있었다.

문성국은 이걸 줍기만 하면 되는 일로 보였다.

경계해야 할 아레스는 자신이 노리는 먹잇감(SH화학)과는 특별한 연관이 없었다.

그저 아레스의 사장과 SH화학의 고문으로 있는 한 사람이 한 부대에서 근무했던 인연이 있고, 또 작년 한 달 동안 아레스에서 고문으로 신병들을 훈련시켰다는 것이 전부였다.

그런데 직접 당사자를 만나 보니 뭔가 달랐다.

아무리 잘난 특전사 대원이었다고 하지만 총을 보면서도 결코 긴장하지 않는 모습이나 위기 대처 능력이 뛰어난 김국진이 권총이 아니면 안 될 것 같은 예감을 들게 만들 정도면 평범하지 않다고 판단하였다.

이런 이야기를 하다 보니 문성국은 자신이 너무 성급했음을 인정했다.

"SH화학에 대해 티끌 하나 빠뜨리지 말고 조사해. 그리고……."

부하들에게 조사를 지시한 문성국은 잠시 말을 멈추고 생각하다가 다시 한번 지시를 내렸다.

"조금 전 그자에 대해서 하나도 빠뜨리지 말고 조사해 와. 도움이 필요하면 인국이에게 이야기할 테니 만나 보고."

문성국은 자신의 사촌 동생인 문인국을 언급하며 김국진에게 수호에 대해 알아보라는 지시를 내렸다.

그의 사촌 동생인 문인국은 그가 국정원을 그만두고 나왔을 때, 그의 자리를 넘겨 준 인물이었다.

원래 비리로 국정원을 떠나는 것이기에 그가 자신의 후임을 지정하는 것은 관례상 받아들일 수 없는 일이었다.

하지만 비록 물러나기는 하나 그의 파벌이 국정원 내 아직 요직에 남아 있던 터라 그의 반대파들도 어쩔 수 없었다.

어차피 국정원도 오래전 정보 부처라는 성질과 다르게 정치권에 많이 물들어 있었기 때문에 그게 가능했다.

그래서 지금 문성국은 자신의 뒤를 이어 국내 파트를 담당하고 있는 사촌 동생의 이름을 언급하며, 필요하다면 국정원 2차장의 도움을 받아서라도 수호에 대한 알아오라 하는 것이다.

　　　　*　　　　　*　　　　　*

　말로만 듣던 군납 마피아를 줄여서 군피아가 다녀간 것에 놀란 정상현과 중현은 아직도 정신이 없었다.

　그도 그럴 것이, 총이라고는 군대에 입대했을 때 접해 보고 지금까지 한 번도 본 적이 없었기에 아직도 진정이 되지 않았다.

　"괜찮으세요?"

　수호는 아직도 놀란 가슴을 진정시키지 못하고 살짝 떨고 계시는 두 분을 보며 조심스럽게 물었다.

　"음, 그래. 이제 좀 진정이 되는 것 같다."

　조금 먼저 정신을 차린 것은 언제나 외줄타기를 해 왔던 중현이었다.

　이복형들의 눈치를 보며 생활하고, 또 하나뿐인 아들을 위해 끝까지 회사에 살아남아야 했기에 그동안 중현은 어떤 고난에도 끝까지 올곧게 생활하였다.

　단 하나의 약점이라도 자신을 노리는 포식자들에 보이지 않고 지금까지 온 것은 결코 쉬운 일이 아니다.

　그러다 보니 중현은 어떤 고난을 헤쳐 온 탐험가보다 정신력이 높았다.

　이는 아들 수호를 위한 아버지의 마음이 있었기에

가능했다.

아무튼 먼저 정신을 차리긴 했지만 아직도 심장이 두근거리는 것은 어쩔 도리가 없었다.

이는 생존 본능에 의한 신체 작용이었기 때문이다.

그에 반해 정상현은 아직도 조금 전 상황에서 벗어나지 못하고 있었다.

"큰아버지 괜찮으세요?"

아직도 초점이 흐려 있는 상현을 접한 수호가 물었다.

"어? 뭐라고."

"안 되겠네요. 오늘은 일찍 들어가셔서 쉬셔야겠어요."

"형님, 그러는 것이 좋겠습니다."

중현도 이복형인 상현을 보며 그를 부축했다.

"하, 아닌 게 아니라 조금 놀란 것 같아."

상현도 자신의 상태가 정상이 아님을 깨닫고 그렇게 대답하였다.

느닷없이 자신을 찾아와 협박하던 문성국의 모습이나 권총을 꺼내 들던 남자들의 모습은 그가 감당하기에는 너무 힘들었다.

"그럼, 큰아버지 내일 뵙겠습니다."

수호는 그렇게 자신의 둘째 큰아버지인 상현에게 인

사하고 사무실을 빠져나왔다.

"김 비서님, 업자에게 전화해서 문 좀 갈아 달라고 하세요."

사장실을 나온 수호는 긴장한 채로 서 있는 비서를 보며 지시를 내렸다.

원래라면 자신이 이런 말을 하는 게 월권에 해당하는 일이었지만, 지시를 내릴 사장이 정신이 없는 상태라 먼저 지시를 내렸던 것이다.

이미 직원들이야 수호가 어떤 존재인지, 사장과 어떤 관계인지 모두 알고 있기에 가능한 것이기도 했다.

"네, 알겠습니다."

수호가 그렇게 사장실 비서에게 지시를 내리고 복도로 걸어가자 뒤이어 중현이 사장실을 나오며 비서에게 다른 지시를 내렸다.

그것은 사장인 상현뿐만 아니라 위압적인 남자들이 우르르 몰려와 사장실 문 앞을 막아서고 있는 모습을 지켜보았던 김 비서 또한 놀란 상태다.

그러니 그녀를 배려하는 차원에서 일찍 퇴근하라고 말했던 것이다.

한편, 먼저 사무실을 나온 수호는 아버지의 하는 모습을 멀리서 듣고 자신이 실수했다는 것을 깨달았다.

'아, 김 비서도 놀랐을 텐데…….'

회사 직원들에게 존중한다는 차원에서 고문이란 직책을 가지고 있으면서도 함부로 말하지 않았다.

하지만 수호는 그런 것과 별개로 자신이 그동안 직원들과 거리를 두고 있었음 또한 조금 전 깨달았다.

둘째 큰아버지에게는 너무 놀랐으니 일찍 쉬시라고 했으면서 여자인 김 비서에게는 아무런 조치를 취하지 않고 그저 업무적으로 지시만 내리고 만 자신을 자책했다.

물론, 많은 회사에서 이와 비슷한 일이 있다고 해서 비서나 직원을 위하지는 않는다.

그저 비슷한 입장에서 함께 동정하면서 위로의 말을 하기는 하겠지만 직접적인 행동으로 보여 주진 않는다.

그런 점에서 자신은 아직까지 이 회사에 깊은 애정을 가지고 있지도, 그렇다고 소속감을 느끼지도 않음을 깨달았다.

*   *   *

중현과 수호는 사무실로 돌아왔다.

이 사무실은 SH화학의 전무인 중현의 사무실이다.

수호가 고문으로 등재되어 있기는 하지만 회사에 출근하지 않기에 회사 내에 그의 사무실은 없었다.

그러니 수호는 아버지의 사무실에 함께 온 것이다. 이야기할 것이 더 있기도 했고.

"그놈들의 정체가 뭔지는 모르겠지만, 아마도 원료가 제대로 들어오지 않는 원인과 연관이 있는 것 같다."

중현은 사장인 상현에게 이야기를 듣지는 않았지만, 사장실에 들어왔을 때의 분위기를 미루어 짐작해 보면 이런 판단이 적절했다.

"네, 제가 생각해도 그놈들이 문제인 것 같아요."

"그래, 어떻게 하면 될 것 같으냐? 아까 형님의 모습을 보니 그놈들이 무리한 요구를 하는 것 같은데."

아들과 신 공장이 건설되고 있는 모습을 지켜보다 사장실에 찾아갔을 때 보았던 상황을 떠올리며 말하였다.

"그건 제가 좀 더 알아보고 말씀드릴게요."

수호는 자신을 걱정하는 아버지의 모습에 그렇게 이야기할 수밖에 없었다.

그가 보기에 오늘 찾아온 놈들은 절대로 녹록한 놈들이 아니었다.

그러면서 자신과 비슷한 느낌도 들고, 또 좀 더 음습한 느낌도 들었다.

'아무래도 정보부나 그런 쪽과 연관이 있는 놈들 같았는데……'

수호는 잠시 상대해 본 그들에게서 뭔가 조직적이면

서도 노련한 느낌을 받았다.

그 때문에 그들이 단순한 깡패는 아니란 판단을 내렸다.

그리고 결정적으로 수호가 정보부나 그와 비슷한 계통에 종사했던 사람들로 판단한 근거는 권총을 사용하는데 너무도 자연스러웠기 때문이다.

비록 총기 규제가 심한 대한민국이지만, 권총은 이제 마음만 먹으면 쉽게 구할 수 있는 물건이 되었다.

실제로 인천 국제여객 터미널이나 부산의 국제 화물항 혹은 동해항에만 가도 러시아나 중국에서 들어오는 밀수품 중 권총도 상당했기에 대한민국 경찰이나 검찰에서 파악하길 100정 이상의 권총이 밀반입되어 있을 것으로 파악하고 있다.

그렇다고 조폭들이 총기를 구했다고 함부로 그것을 사용할 수는 없을 것이다.

그저 상대 조직이 총기를 가지고 있으니 호신용으로 혹은 위협용으로 가지고 있을 뿐이다.

만약 그렇지 않고 미국이나 유럽처럼 갱단이 총기를 사용해 범죄를 저지르게 된다면 그 조직은 물론이고, 전국에 있는 조직 폭력배들은 1990년대 범죄와의 전쟁을 다시 한번 맞이하게 될 것이다.

＊　　　　＊　　　　＊

— 슬레인 조사해.

마이크를 통해 들어온 마스터의 명령에 슬레인은 조
금 전 카메라에 찍힌 문성국과 그 일행들의 얼굴을 분
류하였다.

삐비빅!

커다란 수조 안 기기들의 불빛이 빠르게 점멸되면서
대한민국의 모든 정보가 담겨 있는 국정원 중앙 컴퓨터
의 방화벽이 하나씩 허물어졌다.

이렇게 슬레인이 수호의 명령을 받아 SH화학에 난입
해 난장판을 벌이고 떠난 문성국과 그 일당들의 신원을
파악하기 위해 작업에 들어가자 국정원 보안 부서에서
는 난리가 났다.

＊　　　　＊　　　　＊

삐잉! 삐잉!

평화롭던 대한민국 국가 정보원은 갑자기 울리기 시
작한 사이렌으로 인해 비상이 걸렸다.

국가 정보원은 대한민국에 있는 거의 모든 정보가 집
약되어 있는 것은 물론, 대한민국을 위협하는 적대적

국가나 단체에 대한 정보까지 갖고 있다 보니, 보안이 그 어느 곳보다도 철저하다.

그렇기에 역으로 말하자면 그런 단체들이 수시로 침입하여 정보를 빼내기 위해 빈틈을 노리고 있다.

그 때문에 국정원의 보안 책임자는 국내에서 컴퓨터에 대해 최고의 실력자였고, 또 그의 밑에 있는 요원들 또한 국내는 물론이고, 국외에서도 알아주는 전문가들이다.

사실 국정원의 보안은 처음부터 이렇게까지 철저하진 않았다.

몇 차례 외국의 첩보 조직에 의해 방화 시스템이 뚫리고, 또 주적인 북한 정보부대의 디도스 공격으로 수집한 정보가 오염되어 사용하지 못하게 되는 사고를 당한 뒤로 지금의 최고 보안 시스템을 갖추게 되었다.

그 뒤로도 사이버 테러가 몇 차례 있기는 했지만, 제대로 된 예산을 투입하여 구축한 시스템은 외부의 그 어떤 공격에도 전혀 뚫리지 않았다.

그러다 보니 외부의 공격으로 경고 사이렌이 이렇게 울리더라도 당황하지 않고 쉽게 처리했었다.

하지만 오늘은 그렇지 못했다.

어찌 된 일인지 7단계에 이르는 보안 시스템이 차례대로 뚫리고, 이제는 최종 방어벽만 남겨 두고 있었다.

"뭐 해! 차단기라도 내려!"

보다 못한 보안 팀장이 중앙 제어 컴퓨터에 공급되는 전력이라도 차단하라는 지시를 내렸다.

"그, 그게……."

지시를 받은 요원은 상관의 명령에 당황해 그 어떤 행동도 할 수 없었다.

그도 그런 시도를 해 보지 않았던 게 아니기 때문이다.

서버에 침입한 해커가 얼마나 대단한 실력이 있는지 자신들이 설치한 보안 시스템을 뚫는 것은 물론이고, 침입자를 공격하는 백신 프로그램까지 무력화시키며 마지막 남은 최후의 방어선까지 뚫고 있었다.

그래서 선 조치, 후 보고라는 생각에 중앙 컴퓨터에 들어가는 전원을 강제로 끄려고 하였다.

그렇게 되면 자칫 컴퓨터에 보관하고 있는 정보의 상당 부분이 날아갈 수도 있는, 아주 위험한 행동이지만 어쩔 수가 없었다.

혹시나 이런 일이 있을 수 있기에 따로 백업 파일을 만들어 보관하고 있으니 걱정은 하지 않지만, 아무래도 백업 파일은 보관 중 자료가 날아갈 수 있기에 가장 최선은 본체에 들어 있는 정보를 해킹당하지 않는 것이다.

아무튼 백업 파일을 믿고 중앙 제어 컴퓨터에 들어가는 전력망을 차단하려 했지만, 어찌 된 일인지 그게 되지 않았다.

"말을 듣지 않습니다."

"뭐?"

차정원은 부하의 대답을 듣고 기가 막혔다.

우우웅!

"뚜, 뚫렸습니다."

"이런……."

쾅!

한쪽에 앉아 있던 다른 부하로부터 서버가 뚫렸다는 소리가 들렸다.

그러자 차정원은 순간적으로 머릿속이 아득해졌다.

그 때문에 자신도 모르게 자리에 풀썩 주저앉고 말았다.

하지만 중심을 잡지 못했기 때문인지 그가 앉은 의자가 뒤로 밀리면서 요란한 소리를 내며 쓰러졌다.

그로 인해 보안실 총책임자인 그는 볼썽사납게 바닥에 널브러졌다.

그래도 그를 비웃는 사람은 아무도 없었다.

그건 그의 직급이 이곳에 있는 요원들 중 가장 높은 것도 있지만, 그들도 지금 차정원과 비슷한 기분이었기 때문이다.

팟!

"어?"

조금 전까지만 해도 침입자로 인해 요란하게 울리던 사이렌이 순간, 멈췄다.

뿐만 아니라 뚫렸던 보안 시스템 역시 1분도 되지 않아 복구되었다.

다만, 보안 시스템을 복구한 것이 여기 있는 보안 요원들이 아닌, 조금 전까지 국정원 중앙 컴퓨터를 해킹하던 해커가 원격으로 복구시켰던 것이다.

무슨 도깨비장난도 아니고, 번갯불에 콩 구워 먹듯 7단계나 되는 국정원의 보안 시스템을 뚫고 침입하여 무슨 짓을 했는지는 모르겠지만, 겨우 1분도 되지 않아 파괴했던 시스템을 모두 복구하고 빠져나가 버렸다.

"지금 무슨 일이 벌어진 거야?"

바닥에 넘어졌던 차정원은 갈피를 잡을 수가 없었다.

세상에 이런 일이 다 있나 싶을 정도로 혼란스럽기만 했다.

지금까지 차정원은 자신들이 구축해 놓은 보안 시스템이, 그 유명한 MIT의 해커 팀이나 해킹 능력으로는 세계 최고라는 자들만 모인 어나니머스도 뚫지 못할 것이라 자신했다.

실제로도 차정원은 매년 국내 최고의 해킹 능력을 가진 서울대 컴퓨터 공학과나 포항공대 해커 팀 등 국내 유수의 컴퓨터 전문가나 해킹 능력자들을 모아 비공식적으로 보안 시스템을 뚫는 대회를 열었다.

이는 해커들의 공격에서 국정원의 보안 시스템이 뚫리는지 알아보기 위해 그랬던 것이다.

또 부족한 부분이 있으면 업그레이드를 하기 위해 매년 이런 대회를 갖는다.

그런데 아직까지 자신들이 만든 보안 시스템은 한 번도 뚫리지 않았다.

거의 대부분이 최종 7단계 시스템 중 3~4단계에서 막혔다.

또한 가장 우수했던 해커 팀도 5단계에서 보안 시스템에 막혀 버렸다.

그랬기에 차정원이나 보안실 요원들은 안심했었다.

그만큼 국내 전문가들의 해킹 능력은 세계에서도 알아주는 실력이었기 때문이다.

하지만 그것이 자만이었는지 7단계나 되는 보안 시스템이 침입자에게 공격받은 지 불과 10분도 되지 않아 뚫렸다.

그렇다고 해커의 위치를 알아낸 것도 아니다.

자신들은 해커의 능력을 막기에 급급해, 그들을 역추적할 겨를도 없었다.

그런데 자신들을 비웃기라도 하듯 해커는 컴퓨터의 방어 시스템을 모두 뚫은 뒤 자료도 빼내지 않고 바로 사라졌다.

아니, 자신이 파괴한 보안 시스템을 완벽하게 처음 그대로 복구한 뒤 사라졌다.

"실장님, 어, 어떻게 하죠?"

부하 중 한 명이 어떻게 할지 물었다.

단 한 번도 이런 경험을 해 본 적이 없기에 책임자인 그에게 물어보는 것이다.

"어떻게 하긴, 뭘 어떻게 해! 방금 일을 그대로 보고해야지."

"하지만……."

차정원의 대답에 처음 물었던 부하는 무엇 때문인지 망설였다.

다른 곳도 아니고 국가 정보원 중앙 컴퓨터의 보안 시스템이 뚫린 일이다. 그러니 이 문제로 위에서 자신들에게 질책이 떨어질 것이다.

자칫 잘못하면 보안 실장인 차정원이 옷을 벗어야 할지도 몰랐다.

아니, 차정원뿐만 아니라 몇 명은 그렇게 될 것이 분

명했다.

뿐만 아니라 어쩌면 감찰부로 끌려가 무슨 일을 당할지도 모른다.

하지만 거짓을 말할 수도 없었다.

불과 10여 분밖에 되지 않았기에 자신들만 입 다물면 되지 않을까 하는 생각을 잠시 했지만 곧 그 생각을 털어 냈다.

국정원에는 벽에도 듣는 귀가 있고, 바닥과 문 등 모든 곳에 눈이 있고 귀가 있었다.

그렇기에 거짓 보고는 있을 수 없는 일이었다.

만약 그런 시도를 했다 발각된다면 그건 단순히 직위를 해제당한다거나 강도 높은 조사를 받는 정도로 끝나지 않는다.

그러니 아주 잠깐 벌어진 해프닝이라 해도 보고는 철저히 숨김없이 이루어져야 한다.

"너흰 정리하고 있어. 난 위에 보고하고 올 테니……."

차정원은 그렇게 부하들에게 지시를 내리고 축 처진 어깨로 보안실을 빠져나갔다.

그런 차정원의 뒷모습을 지켜보는 요원들의 눈은 한물간 생선 눈처럼 흐리멍덩하였다.

　　　　＊　　　　＊　　　　＊

"어떻게 되었어?"

집에 도착한 수호는 집 안으로 들어오자마자 바로 물었다.

회사에서 그 일을 겪고 바로 문성국과 그 일행에 대한 조사를 지시했는데, 중간에 보고가 없었던 것이다.

[예, 모두 알아냈습니다.]

"그래? 말해 봐."

수호는 재킷을 벗으며 물었다.

비잉.

작은 공기의 진동이 있더니, 거실 중앙에 홀로그램이 켜졌다.

거실의 빈 공간에 홀로그램이 떠오르며 중년 남성의 모습이 실물 크기로 생겼다.

키는 175cm 정도로 평균을 상회하는 키와 날카로운 눈매가 인상적이었다.

[네, 말씀드리겠습니다. 이름 문성국, 생년월일 1970년 6월 25일, 주민등록번호 700625-16*****]

슬레인은 홀로그램으로 만들어진 인물 옆에 한글로 문성국에 대한 약력을 출력하여 눈에 보이게 만들었다.

그러면서도 마스터인 수호의 편의를 위해 그 약력을

들려주었다.

"전 국가 정보원 2차장이라고?"

[네, 그렇습니다. 국내 정보를 취합하여 용공 세력이나 반체제인사 감찰과 국내에 침투한 산업스파이 조사 등을 전담했습니다. 그러다…….]

문성국이 국가 정보원 재직 당시 했던 일에 대한 보고와 그가 그곳을 나가게 된 이유에 대해서도 설명하였다.

"결국 돈 때문에 초심을 잃고 괴물이 되었다는 소리군."

모든 이야기를 들은 수호는 문성국을 그렇게 평가했다.

처음 국가 정보원에 입사했을 때만 해도 문성국은 투철한 애국자였다.

국가의 발전과 공산주의로부터 국가를 수호하는 일에 앞장섰던 숨은 영웅이었다.

하지만 세월이 흐르고 직급이 높아지면서 순수했던 애국자는 점점 괴물이 되어 갔다.

견물생심이라고, 자신이 맡은 임무가 시선만 살짝 돌리면 커다란 돈이 된다는 걸 깨달았기 때문이다.

뿐만 아니라 직급이 높아지면서 권력도 생기고, 돈도 주머니에 두둑하게 들어오자 그의 욕심은 점점 커져만 갔다.

말단에서 팀장으로, 그리고 실장과 부장으로 직급이 높아지면서 그는 자신과 비슷한 자들이 많다는 것을 알게 되었다.

뿐만 아니라 그들만의 이너서클이 있음도 알게 되면서 그곳에 속하기 위해 노력했다.

문성국이 그렇게 노력한 이유는 다른 게 아니었다.

더 많은 부와 명예, 권력을 누릴 수 있는 재미를 알게 되었기 때문이다.

실제로 그들만의 리그, 이너서클에 들어가기 위해 그동안 모아온 비자금을 모두 사용했지만 전혀 아깝지 않았다.

그들의 그룹에 속하기 무섭게 사라졌던 돈이 몸집을 불려 자신의 품으로 돌아왔던 것이다.

그 뒤부터 문성국은 국가 정보원 2차장이란 자리에서 이어 왔던 초심은 온데간데없이 사라졌다.

그곳에 남은 것은 돈과 권력이 잠식된 괴물만이 있었다.

하지만 문성국은 그 혼자만 그렇게 변한 것이 아니다.

자신의 밑에 있던 부하들까지도 동류의 괴물로 만들어 버렸다.

하지만 꼬리가 길면 밟힌다고 했던가.

권력의 신하가 되어 꼬리를 흔들던 그도 정권이 바뀌면서 반대 파벌의 저격에 물러나야만 했다.

그렇지만 이미 구축해 놓은 세력이 있었기에 문성국은 아무런 타격도 받지 않고 무사히 국정원을 나올 수 있었다.

뿐만 아니라 동지들의 도움으로 아시아 평화 연구소라는 정체불명의 단체를 만들어 활동하였다.

국정원 2차장이었던 과거 전력을 십분 활용해 문성국은 승승장구하였다.

그가 속한 단체에는 단순히 정치인이나 재계의 인물만 있는 것이 아니었다.

얼마 전 SH화학과 계약했던 방위사업청에도 문성국이 속한 단체에 가입된 회원이 있었다.

물론, 방위사업청에 있던 회원에게서 SH화학과 방위사업청 간의 계약 내용을 바로 문성국에게 전달한 것은 아니었다.

방위사업청 직원이 문성국과 한 단체에 있는 주상욱에게 계약 내용을 전달했다.

그런데 주상욱이 바로 군 전략 물자 획득 사업 당시에 방탄복 납품 비리를 일으킨 심양컴택의 사장이었던 것이다.

당시 감사원의 긴급 점검이 없었더라면 심양컴택이

불량 방탄복을 군에 납품했다는 사실은 영원히 몰랐을 것이다.

한데 하늘의 도우심인지 당시 불량 방탄복은 감사원의 검사에 걸렸다.

하지만 어찌 된 일인지 심양컴택이나 그곳의 사장인 주상욱은 별다른 처벌을 받지 않았다.

이는 그들이 속한 이너서클의 힘이 얼마나 대단한 것인지 알 수 있게 해 주는 것이다.

이러한 사실을 듣게 된 수호는 미간을 찌푸렸다.

그저 회사에 찾아와 행패를 부린 문성국 일당에 대하여 알아보려던 것이었는데, 수호의 생각보다 사이즈가 컸다.

아니, 커도 너무나 컸다.

단순히 욕심 많은 전직 고위 공무원의 비리 정도가 아닌, 나라 전체를 좀먹고 있는 해충들이 너무 많다는 것을 깨닫게 만들었다.

자신은 목숨을 걸고 나라를 위해 해외에서 테러 조직과 전쟁을 하였다.

그 과정에서 장애를 안고 전역도 했다.

더욱이 그 끝도 결코 좋지 않게 끝났었고.

그렇게 목숨을 걸고 애국하던 자신은 말도 못 할 불합리한 대우를 받았는데, 온갖 비리를 저지르던 문성국과 주상욱 같은 벌레들은 오히려 큰소리치며 힘없는 기업들을 어린아이 과자 뺏어 먹듯 갖고 놀았다.

'그놈들을 그냥 둬선 안 되겠군.'

슬레인에게서 모든 이야기를 듣게 된 수호는 문성국과 그 일행들, 그리고 처음 이런 일을 만든 주상욱 등 그들이 속한 단체를 그냥 두지 않겠다는 다짐을 하였다.

어떻게 보면 그놈들 때문에 자신이 아프가니스탄에서 총에 맞아 장애를 가지게 된 것일 수도 있다고 판단했기 때문이다.

10. 습격

청계산의 작은 한식집.

이곳은 아는 사람만 아는, 음식이 정갈하고 분위기 좋은 맛집이다.

그러다 보니 가격대가 만만치 않고, 또 예약제로 운영하며 하루에 정해진 손님만 받다 보니 그리 시끄럽지 않아 음식과 분위기를 조용히 즐기며 대화를 나누기에 정말 좋다.

그 때문에 연예인들도 많이 찾는 곳으로 유명했다.

그런 음식점의 별실에 김국진이 누군가와 대화를 나누고 있었다.

"아니, 국진이 네가 어쩐 일로 날 보자고 한 거냐?"

40대 중반 정도로 김국진과 비슷한 나이대로 보이는 사내였다.

자신을 향해 질문하는 사내를 지긋이 보던 국진이 낮은 목소리로 대답하였다.

"좀 알아볼 것이 있어서 좀 보자고 했다."

"흠……."

자신을 이용해 정보를 캐내려는 김국진의 의도 때문에 사내는 작게 신음을 흘리며 조용히 국진을 쳐다보았다.

그런 사내의 태도에 김국진은 한 점의 불쾌한 감정도 보이지 않고 담담히 마주 보았다.

그러자 사내는 잠시 머뭇거리다 입을 열었다.

"아무리 네가 예전에 국정원 실장이었고, 또 내 동기였다고 하지만 현장을 떠난 이상, 넌 국정원 요원이 아니야. 그러니……."

"알아. 네가 무슨 말을 하려는 것인지 잘 알지만, 내가 알고 싶은 것은 네가 생각하는 그런 게 아니다."

김국진이 마주하고 있는 사람은 현 국정원 2차장 밑에 있는 국장 중 한 명이었다.

자신은 상관인 문성국이 2차장의 자리에서 물러날 때, 그와 함께 국정원을 그만두었지만 앞에 앉아 있는 동기는 국정원에 남았다.

아니, 김국진은 진작부터 문성국의 파벌에 들어가 그의 명령에 따라 온갖 비리를 저질렀지만, 그는 끝까지 본연의 자리에서 국가를 위해 열심히 일하였다.

그러다 보니 국진이 옷을 벗고 국정원을 나갈 땐 실장이란 직책을 갖고 있었지만, 상대는 그보다 낮은 과장에 불과했다.

그러던 그가 지금의 국장 자리에 오른 것은, 문성국이 국정원을 떠난 뒤 대대적인 물갈이가 되면서 비리에 연루된 요원들이 숙청을 당한 뒤 직급이 올랐던 것이다.

문성국이 자리할 때는 그와 맞지 않았기에 진급하지 못했지만 그가 자리에서 물러나자, 상부에서는 문성국이 자리에서 물러나고도 국정원 내에 영향력을 행사하는 걸 막기 위해 물갈이를 했던 것이다.

그렇지만 그 시도는 만족스럽지 못했다.

100% 문성국의 영향력을 갈아 치우기에는 그가 퍼뜨려 놓은 세포가 너무 컸기에, 그렇게 했다가는 국내 파트는 사실상 올 스톱이 되기 때문이었다.

그만큼 문성국이 국내 정보를 관리하는 2처를 완벽하게 장악하고 있었기에 가능했다.

아무튼 지금 이렇게 마주하고 있기는 하지만 그렇다

고 관계가 썩 좋은 것은 아니다.

그러다 보니 김국진을 바라보는 문재성의 눈에서 그리 호의적인 빛은 보이지 않았다.

그저 필요한 것이 있으니 만나는 것뿐.

"이자에 대해서 좀 알아봐 줘."

국진은 자신을 향해 각을 세우려는 재성을 보며 품에서 사진 한 장을 꺼내 그의 앞으로 밀었다.

그런 국진의 태도에 재성은 잠시 멈춰 자신의 앞에 놓인 사진을 바라보았다.

'누구지? 중요한 인물인가?'

비리로 큰 물의를 만들어 자신이 속한 2처는 물론이고, 국정원 전체에 해를 끼치고 나간 문성국의 오른팔인 국진이 은근하게 뒷조사를 부탁하자, 그 인물에 호기심이 생겼다.

"누군데?"

문재성은 은근히 한 번 국진을 떠보았다.

사진이 있으니 국정원에 돌아가 알아보면 금방이겠지만, 조금이라도 정보를 알고 가면 보다 편할 것이고, 또 무엇 때문에 이 남자를 알아보려는 것인지도 의도를 알 수 있기 때문이었다.

하지만 현장을 떠났어도 국진은 감이 줄지 않았는지 재성의 의도에 쉽게 넘어가지 않았다.

"SH화학과 관련이 있는 사람이야."

자신이 SH화학에 갔을 때 본 남자였기에 국진은 그것만 알려 주었다.

더 이상은 자신도 알 수 없었기 때문이다.

물론, 국정원을 나오긴 했어도 시간적인 여유가 있다면, 그곳을 이용하지 않고도 수호에 대해 알아볼 수 있는 방법이 있겠으나 현재 그에게는 시간이 별로 없었다.

그렇기에 자신과 그리 친하지 않은, 아니, 어쩌면 적대감을 가지고 있을지 모르는 문재성을 찾아와 부탁했던 것이다.

"대가는 충분히 줄 수 있다."

"대가? 호, 이거 뭔가 큰 건인가 보네."

재성은 대가를 줄 수 있다는 말에 눈빛이 확 바뀌었다.

국정원 2차장 바로 밑에 있는 국장에게 대가를 논의할 정도라면 가벼운 문제는 아니었다.

사실 정보를 수집하는 일은 적은 돈이 들어가지 않는다.

그렇다고 국가에서 내려 주는 예산만 가지고 처리할 수 있는 것도 아니기에, 사실 문재성은 자신이 맡은 일을 하는 것도 쉽지 않았다.

예전 현장 요원으로 뛸 때는 그저 시키는 일만 하면 되었기에 별다른 고민이 없었다.

하지만 직급이 오르고 관리자가 되다 보니, 예산 집행을 하는 것도 계산해야 했기에 여간 골치 아픈 일이 아니다.

"한 장이다."

국진은 양복 속주머니에서 다시 한번 무언가를 꺼내 재성의 앞으로 밀었다.

하얀색의 돈 봉투였다.

"한 장? 설마 큰 거 한 장이냐?"

돈 봉투를 내밀며 한 장이라고 말하는 국진을 향해 재성이 놀란 눈으로 물었다.

설마 누군가의 뒷조사를 맡기면서 1억을 내밀 것이라고는 상상도 하지 못했다.

하지만 다르게 생각하니 이해가 가기도 했다.

설마 국정원 국장에게 1백만 원이나 1천만 원을 건네며 남의 뒷조사를 해 달라고 하는 것도 말이 되지 않기 때문이다.

적어도 1억 정도는 되어야 말이 되었다.

"호, 이거 장난이 아닌가 보네? 이 사람의 정보가 그 정도인가?"

1억 원이란 돈을 들여서까지 알아내려는 남자의 정체

296

가 궁금해지기 시작했다.

"좋아. 내 알아봐 주지."

재성은 테이블 위에 놓인 봉투와 사진을 함께 집어 양복 안주머니에 넣었다.

그리고 정확히 국진과 헤어진 지 두 시간이 지난 뒤 그는 국진을 다시 만났다.

*   *   *

국진과 이른 저녁을 먹고 국정원으로 돌아온 재성은 보안실 실장인 차정원을 불렀다.

원래 차정원은 그의 관할 하에 있는 인물이 아니었지만 직급이 직급이다 보니 종종 일을 맡기기도 했기에 이상하게 여기진 않았다.

"차 실장, 내 부탁 하나가 있어 그러는데…… 이 사람 좀 알아봐 줘."

재성은 조금 전 저녁을 먹으면서 건네받은, 수호의 얼굴이 들어 있는 사진을 차정원에게 넘겨주며 말하였다.

하지만 조금 전 보안실에서 터진 사고 때문에 원장에게 엄청난 욕을 처먹고 온 뒤라 차정원의 기분은 별로 좋지 않았다.

"무슨 이유로 이 사람에 대해 알아보시라고 하는 것입니까?"

다른 때 같으면 직접적이지는 않아도 자신보다 직급이 높은 문재성의 부탁이라 들어주었을 테지만, 지금의 차정원은 그렇지 못했다.

"아, 다른 것은 아니고 내 딸이 만나는 남자인데, 내가 맡은 일이 일이다 보니……."

김국진에게 수호의 뒷조사 의뢰받은 뒤 어떻게 할까 고민을 하던 그는 자신의 딸을 팔기로 하였다.

언뜻 봐도 20대 초반으로 보이는 잘생긴 미남이 들어 있는 사진이었다.

그래서 대학을 다니고 있는 딸을 떠올리며 차정원에게 부탁했던 것이다.

국정원 요직에 있는 사람이다 보니, 딸의 남자 친구의 정체가 의심된다고 하면 쉽게 넘어갈 수 있는 일이었기 때문이다.

하지만 문재성의 생각은 조금 뒤 차정원이 가져온 정보를 보고는 자신이 뭔가 큰 착각을 했다는 걸 알게 되었다.

돈의 노예가 된 김국진, 아니, 그의 상관인 문성국이 1억 원이란 거금을 들여 알아보려는 남자의 정체가 단순하지 않다는 것을 간과한 문재성의 잘못이었다.

"화랑과 을지 무공 훈장 수여자, 그리고 미국의 동성 무공 훈장까지……."

차정원 실장이 가져온 수호의 프로필을 읽으며 문재성은 깜짝 놀랐다.

일단 가장 먼저 놀란 점은 자신이 딸의 남자 친구라 했던 수호의 나이 때문이었다.

잘해야 대한 초년생 내지는 군대를 아직 다녀오지 않은 청년으로 보았다.

하지만 수호의 실제 나이는 서른이었다.

동안도 이런 동안이 있을 수 있을까 싶을 정도로 실제 나이보다 꽤 어려 보였다.

뿐만 아니라 그를 더욱 놀라게 만든 건 얼굴이 아니었다.

수호의 군 전력이었다.

일반 사병으로 입대한 것까지는 충분히 이해할 수 있었다.

그런데 사병으로 입대했다가 부사관으로 장기 지원을 하였고, 또 부사관 중 공수 특전단의 부사관으로 지원했다는 것이다.

또 공수 특전단에 임관하여 해외 파병을 나가는 부대에 들어가 압도적인 전과를 올리면서 무공 훈장을 받았다.

그것도 두 개나 말이다.

뿐만 아니라 대한민국의 동맹인 미군에게서도 혁혁한 전과에 동성 무공 훈장까지 받았다.

미국인도 받기 어려운 것이 미국의 훈장이다.

그런데 그걸 동맹국 군인이 받은 것이다.

이는 재성이 읽으면서도 깜짝 놀라게 만들었다.

하지만 그의 놀람은 그것만이 아니었다.

그런 엄청난 인물이 전역을 할 때 받은 충격적인 대우였다.

이를 읽으면서 재성은 순간적으로 지금 자신이 하는 일에 회의감을 느꼈다.

나라를 위해 충성을 다한, 그리고 그런 노력을 훈장으로 인정한 군인을 헌짚신 버리듯 한 정부의 처사에 충격을 받았다.

그렇지만 재성이 받을 충격은 그것으로 끝이 나지 않았다.

읽으면 읽을수록 수호에 대해 알아가면서 재성은 감정이 이입되었다.

마치 명작 소설을 읽는 것만큼이나 수호의 약력은 파란만장했다.

그렇게 군을 나와 1년 정도 은둔 생활을 하던 그가 필리핀 인근에서 조난을 당했다가 극적인 구조를 받아 돌아왔다.

그 뒤 수호의 행보는 예전 군대에서 생활하던 때로 시간을 되돌린 것처럼 엄청난 행보를 보여 주었다.

그도 잘 알고 있는 PMC인 아레스의 고문으로 들어가 신입 직원들을 훈련시켜 불과 한 달 만에 현역 이상의 전투력을 갖게 만들었다.

뿐만 아니라 TV쇼에서 실제 특수부대원들이 보여 줄 수 있는 최고의 퍼포먼스를 연출하기도 했다.

더욱 놀라운 점은 수호가 그런 육체적 능력뿐만 아니라 머리도 똑똑하다는 것이다.

특허를 여러 개 가지고 있는 것은 물론이고, 기술력이 뛰어난 소기업을 몇 개나 보유했으며, 첨단 과학 기술 연구소까지 가지고 있었다.

또 그가 보유하고 있는 주식이나 재산도 엄청났기에 문재성을 놀라게 만들었다.

'이러니 뒷조사에 1억 원이나 제시하지.'

문재성은 그제야 김국진이 1억 원이란 돈을 젊은 남자의 뒷조사에 사용한 것을 이해했다.

'사고 이전과 이후에 이자가 보인 행보는 너무도 극과 극이군.'

수호의 약력이 나와 있는 자료를 살피던 문재성은 뭔가 의문점을 느끼며 조금 더 자세히 조사해 봐야 할 필요성을 느꼈다.

이는 단순히 김국진이나 문성국이 알아봐 달라는 의뢰 때문만이 아니었다.

사진을 보고 또 차정원 실장이 가져온 정보의 앞장을 읽을 때만 해도 별다른 관심이 없었다.

그저 문성국이나 김국진이 무엇 때문에 관심을 보이는지 궁금한 것 이상도, 이하도 아니었던 것이다.

하지만 이제는 아니다.

조난을 당했다가 돌아온 수호의 행보는 너무도 놀라운 일의 연속이었다.

1억 원도 되지 않는 자금으로 불과 몇 개월 만에 천문학적인 재산을 불렸다.

이것은 단순히 작전 세력을 끼고 범죄를 저질렀다고 보기에도 현재 수호가 보유하고 있는 자산의 규모가 너무도 컸다.

그런데 너무도 급속히 재산을 불린 것에 비해 국세청에서는 별다른 움직임을 보이지 않은 것으로 나와 있었다.

이는 불법적인 방법이 아닌, 합법적인 방법으로 주식 거래를 하고 재산을 불렸다는 이야기였다.

'이게 가능해?'

문재성은 그것이 가능한가 하는 생각이 들었지만, 세

금을 받는 국세청에서나 불법적인 금융 거래를 단속하는 금융 감독원도 아무 움직임을 보이지 않는 것을 보며 그냥 넘어가기로 하였다.

하지만 그럴수록 수호에 대한 문재성의 관심은 점점 커져만 갔다.

*   *   *

세곡동의 한 술집.

재성은 의뢰를 한 국진을 만났다.

"너, 이 사람 감당할 수 있겠냐?"

조사한 자료를 국진의 앞으로 내밀며 물었다.

그런 재성의 물음에 국진은 별다른 표정 변화 없이 자료를 챙기며 대답하였다.

"그런 것은 네가 생각할 필요 없다."

처음 부탁할 때와는 조금 다른 반응이었다.

하지만 국진이 원래 이런 사람임을 잘 알고 있는 문재성은 그의 반응에 별로 놀라지 않았다.

"뭐 그건 네가 알아서 하겠지만…… 큭! 조심하는 것이 좋을 거다."

문재성은 무심한 눈으로 자신을 보고 있는 김국진에게 경고를 하였다.

"뭐?"

일침을 가하는 재성의 말에 국진이 차갑게 눈을 반짝이며 물었다.

이는 낮에 있었던 일이 떠올랐기 때문이다.

평소 같았으며 별로 신경도 쓰지 않을 말이었지만, 낮에 SH화학 사장실에서의 일이 떠오르자 국진은 자신도 모르게 긴장했던 것이다.

그런 국진의 모습에 재성도 눈을 반짝였다.

'뭔가 있다.'

자신이 모르는 무슨 일인가가 벌어지고 있음을 깨달은 문재성은 김국진과 그에게 일을 시킨 문성국, 그리고 이들과 엮인 수호에 대해서도 좀 더 조사해 볼 필요성을 느꼈다.

"이 사람, 네가 알고 있는지 모르겠지만 베테랑이다. 그것도 아프가니스탄에서 실전으로 다져진……."

"아!"

아프가니스탄이란 말과 실전이란 이야기를 들었을 때 김국진은 그제야 떠올릴 수 있었다.

수호와 아레스의 사장인 심보성의 관계, 그리고 그가 무엇 때문에 SH화학과 방위사업청 간의 계약에 관여했는지를 말이다.

하지만 아레스와 수호의 관계를 알게 되자 오히려 긴

장하던 것이 해소되었다.

국진이 긴장을 푼 것은 아레스 전체가 연관이 있는 것이 아님을 알기 때문이었다.

아레스의 사장인 심보성은 퇴역 장성들과 연관이 있는 사람이었다.

자신이 속한 파벌과는 경쟁을 한다거나 적대적이진 않지만 어찌 되었든 싸워서 좋을 것은 없었기에 조심하려고 조사를 한 것이다.

그런데 결과가 이렇게 나오니까 조금은 긴장이 풀렸다.

이런 김국진의 반응에 오히려 놀란 것은 문재성이었다.

수호에 대한 정보를 알면 알수록 그는 뭔가 위화감을 느끼며 긴장되었다.

하지만 자신이 전달한 정보를 본 국진은 자신과는 정반대로 행동하고 있었다.

'그런 건가?'

국진의 이상한 반응에 재성은 자신이 모르는 어떤 비밀이 더 있음을 알 수 있었다.

*　　*　　*

심양컴택의 사장인 주상욱은 굳은 표정으로 자신의 앞에 앉아 있는 문성국을 노려보았다.

그가 이렇게 심기 불편한 낯으로 문성국을 쳐다보는 것은 자신이 물어온 사냥감을 문성국이 그 몰래 가로채려고 했기 때문이다.

"혼자 SH화학을 찾아갔다는 것은 엄연히 협정 위반이오."

예전 같았으면 주상욱이 이렇게 문성국을 찾아와 따지지 못했을 테지만, 국정원 2차장의 자리에서 물러나다 보니 더 이상 문성국을 두려워할 필요가 없어졌기 때문이다.

이런 내막을 알기에 문성국도 빠르게 돈을 모아 전에 이루지 못했던 정치권으로 편입을 위해 무리하게 나선 것이다.

"어차피 당신 혼자서 할 수 있는 일이 아니기에 우리에게 알린 것 아니오. 그러니……."

문성국은 자신을 찾아와 따지는 주상욱 사장을 쳐다보지도 않고 대답하였다.

분명 자신이 조직의 규칙을 어긴 것은 사실이다.

이번 일은 주상욱이 가져온 일이기에 우선권은 그에게 있었다.

하지만 문성국이 보기에 이번 일은 주상욱이 가져올

수 있는 일이 결코 아니다.

이미 모두 알아본 뒤에 그도 움직였기 때문이다.

사실 심양컴택은 이미 한차례 방위사업청의 사업에서 불량품을 납품함으로써 경고를 받았고, 또 2차로 개량을 하여 납품할 수 있는 기회를 주었음에도 그때 역시 방탄복을 제대로 납품하지 못하고 기준 미달이었기에 그 자격을 상실했다.

그래서 원칙적으로 심양컴택은 방위사업청으로부터 손해 배상 청구에 의해 지급된 계약금과 물품 구매 비용은 물론이고, 지체 보상금까지 물어야 함에도 불구하고 로비를 통해 계약금 일부만 반납하고 넘어갔다.

그런데 여기서 어처구니없는 일은, 분명 잘못이 심양컴택에 있고 계약서에 적힌 내용대로 납품된 제품에 하자가 있어 물품 대금과 지체 보상금을 방위사업청에 반납해야 하지만 심양컴택에는 남은 자산이 없었다.

이는 사장인 주상욱이 모두 뒤로 빼돌렸기 때문이다.

주상욱은 사전에 바지 사장을 앞에 두고 방위사업청과 전력 물자 지원 사업, 즉 신형 방탄복 계약을 따냈다.

원래라면 ADD에서 연구하던 액체 방탄복이란 신형 방탄복이 개발되던 것을 국방위 위원들을 동원해 시험 평가서를 조작하여 신형 방탄복이 심양컴택이 개발한 방탄복에 비해 두 배나 비싸다고 거짓 자료를 언론에 공개하였다.

이 모든 것이 그가 속한 조직과 연계하여 벌인 일로, 짝짜꿍이 되어 방위사업청에서 실시하는 전력 지원 사업의 예산을 편취하기 위해 공모했던 것이다.

그 때문에 주상욱이 내세운 바지 사장은 비리가 들키자마자 종적을 감췄다.

만약 바지 사장이 붙잡혔다면 사건의 진실이 밝혀졌을 것이지만, 계약한 당사자는 사라지고 원래 주인이었던 주상욱은 자본 잠식으로 빈 깡통인 심양컴택을 새롭게 인수한 것처럼 서류를 조작하여 사장의 자리에 올랐다.

그리고 새로운 사기를 치기 위해, 아니, 이번에는 진짜로 기술력이 있는 SH화학의 신기술과 방위사업청과 맺은 계약을 빼돌리기 위해 음모를 꾸몄다.

그런데 제대로 사기를 치기도 전에 문성국이 욕심을 부려 망쳐 버렸다.

문성국이 무엇 때문에 그런 무리수를 두며 SH화학을 찾아간 것인지 잘 알고 있지만, 그렇다고 먼저 조직의 규칙을 깬 것을 넘어가고 싶은 마음이 없는 주상욱으로서는 계속 문성국을 압박했다.

"당신 때문에 손해가 얼마나 날지 상상해 봤어?"

주상욱은 이전 방탄복 납품 비리로 돈을 조금 벌기는 했지만 사실 그것은 그동안 조직에 들어간 자금을 생각하면 원금 회수도 되지 않았다.

그렇기에 SH화학이 개발한 신기술만 자신의 손에 들어오면 모든 것이 해결되는 것이다.

구멍 난 항아리처럼 무한정 들어가는 정치권도 이것만 있으면 일도 아니었다.

겨우 국내에만 팔리는 신기술이 아닌 세계 최강의 미군도 탐낼 만한 물건이기에 주상욱은 처음 이 물건에 대해 이야기를 전해 듣고 사실 믿지 않았다.

그런데 자신에게 정보를 준 방위사업청 직원이 전달한 샘플을 본 후에 생각이 바뀌었다.

뿌리기만 해도 방탄 효과가 생기는 스프레이라니, 이건 업계의 질서를 뒤바꿀 만한 엄청난 발명인 것이다.

그랬기에 주상욱은 혼자 이것을 먹으려 하지 않았다.

그냥 딱 보니 자신 혼자 먹을 사이즈가 아니란 판단에 어렵게 국방위 위원 두 명을 섭외하였고, 또 행동대격으로 문성국을 부른 것이다.

하지만 인간의 욕심, 그러니까 잃었던 권력에 대한 미련을 버리지 못한 문성국의 욕망을 간과했다.

"그게 뭐? 어차피 우리 조직으로 넘어올 것이니, 당신은 그저 내가 가져온 그것을 만들어 팔 생각만 하면

되는 거야!"

이미 김국진을 통해 걸림돌이 될 만한 것이 있는지 알아보게 하였고, 아레스와 SH화학 간에 그리 큰 접점이 있는 것이 아니란 사실을 알게 되었다.

또 권총을 눈앞에서 보았음에도 전혀 쫄지 않던 수호의 모습에 위화감을 느껴 조사를 시켰는데, 그것도 단순히 군대에 있을 때의 경험 때문이란 것을 알게 되었으니 더 이상 그의 앞을 막아설 것은 없었다.

"어차피 조직 내에서 당신의 역할은 그것이니⋯⋯."

"뭐?!"

문성국의 말을 들은 주상욱이 미간을 찌푸리며 소리쳤다.

너무도 어처구니없다 보니 제대로 말도 나오지 않았다.

"내가 이대로 그냥 넘어갈 것 같아!"

주상욱은 자신을 무시하는 문성국을 보며 크게 소리쳤다.

"그럼, 마음대로 해. 어차피 내가 일을 성공적으로 가져오기만 하면 의원님들이야 그냥 넘어가지 않을까?"

말을 하는 문성국의 입가에는 비릿한 조소가 가득했다.

"당신⋯⋯ 내가 가만두지 않을 거야!"

쾅!

더 이상 말이 통하지 않는 문성국으로 인해 주상욱은 할 이야기가 없다 판단하고 방을 빠져나갔다.

그런 주상욱의 등 뒤로 문성국이 소리쳤다.

"주 사장! 내가 경고 하나 하는데, 나 문성국이야! 그거 기억해 둬!"

국정원 2차장까지 올라갔던 문성국이다.

밑바닥부터 시작해 실무자 중 최고의 자리까지 오른 입지적인 사람이 바로 그였다.

국가 정보원장이야 정치권에서 앉히는 자리이니 솔직히 겉으로 드러난 것보다 그리 권력이 강하지 않았다.

하지만 그 밑에 있는 세 명의 차장들은 달랐다.

국방부 장관이 군과 관련해 최고의 자리라 할 수도 있지만, 실권은 군사령관들이 더 강력한 것처럼 국정원의 권력 구도도 그렇다.

실무자에게 가장 영향력이 막강한 것은 어디까지나 각처의 차장들이다.

그렇게 대한민국의 정보 분야에서 최고의 위치에 있던 권력의 핵심 중 하나인 국정원 2차장이었던 문성국은 그때 자신이 누렸던 권력의 맛을 잊지 못하고 있었다.

그랬기에 현장으로 돌아가지 못하는 지금, 다른 힘을

가지길 원하고 있는 것이다.

그것의 발판이 되어 줄 것이 바로 조금 전 심양컴택의 사장인 주상욱이 물어온 SH화학의 계약서다.

문성국은 열린 문밖으로 소리쳤다.

"김국진이!"

그가 소리를 친 지 불과 몇 초도 지나지 않아 김국진이 그의 앞에 나타났다.

"부르셨습니까?"

"그래, SH화학의 사장이나 전무는 문제가 아닌데, 고문으로 있는 그놈이 문제가 될 것 같다."

어제 자신의 앞에서 호기를 부리던 수호의 건방진 모습을 떠올린 문성국은 눈을 차갑게 반짝이며 지시를 내렸다.

"그놈이 특허를 가지고 있다고 했으니, 그놈을 잡아 와!"

"알겠습니다."

"어차피 특허를 넘긴다는 사인을 할 손은 하나면 충분하니 대충 알아서 데려와!"

"네!"

명령이 떨어지자 김국진은 고개를 숙이며 알겠다고 대답했다.

*　　　　*　　　　*

　수호는 일하기 전, 주변 정리에 들어갔다.

　감히 자신의 것을 노리는 이들이 나타났기에 자신이
행동하는데 거치적거릴 수 있는 문제들을 정리하기로
한 것이다.

　그중 가장 우선이 되는 것은 부모님들의 안전이지만,
독립하여 나오기 전 부모님 집의 보안을 철저히 해 놓
았기에 그리 불안하지는 않았다.

　다만, 이곳이 미국이나 중남미 국가가 아닌 치안이
세계에서도 알아주는 대한민국이다 보니 침입자를 막아
내기 위해 갖출 수 있는 방범 시설의 한계가 분명했다.

　마음 같아서야 미국이나 중남미 국가들처럼 자동화기
라도 가져다 두고 싶지만 그럴 수 없었다.

　그래서 어쩔 수 없이 보안 센서를 강화하여 혹시라도
침입자가 발생했을 때, 바로 인근 파출소나 경찰서에
신호가 가게 시스템을 구축해 놓았다.

　그다음으로 걱정되는 것이, 바로 자신과 작은 인연이
있는 한빛 엔터의 플라워즈 멤버들이었다.

　수호가 이런 생각을 한 것은 전적으로 얼마 전 플라
워즈의 리더 혜윤과 자신의 스캔들 기사 때문이었다.

　그것만 아니라면 굳이 그녀들을 걱정하지 않아도 되

겠지만, 자신이 상대해야 할 적들이 문제였다.

자신의 목적을 위해서라면 앞뒤 분간하지 않고 일 처리를 하는 정보부 출신들이다.

수호가 그동안 살아오면서 겪어 본 인간 군상들 중 가장 독한 게 아프가니스탄에서 경험한 테러 분자들이었다.

그들은 잘못된 종교적 신념을 가지고 그것이 정의라 믿고 자신의 목숨까지도 도외시하여 목적을 이루기 위해 싸운다.

그것만이 이교도와 성전을 벌이고, 자신이 속한 조직의 목적이 관철되지 않으면 중간에 자신이 죽든 살든 상관하지 않았다.

아니, 오히려 그 과정에서 죽는 것이 자신이 믿고 있는 신의 곁으로 빠르게 다가갈 수 있는 것이라 믿기 때문에 과감하게 적진에 폭탄을 안고 뛰어들 수 있는 것이다.

그런 테러리스트들과 비슷한 부류가 있었으니, 바로 정보를 다루는 스파이들이다.

이들 또한 테러리스트들 못지않게 독종들이었다.

중동의 테러리스트들이 자신이 믿는 종교에 심취해 그런 광신도적인 행동을 한다면, 스파이들은 자신이 속한 국가나 단체의 목적을 위해 자신의 생명을 도외시하며 움직였다.

이는 나라를 위해 싸우는 군인과는 질적으로 달랐다.

적으로부터 국가와 국민의 생명과 재산을 지키기 위해 싸우는 군인들과 다르게 그들은 목적을 위해 자신의 생명까지 내던진다.

비슷하면서도 다른 그들의 행동 양식은 사실 어떻게 보면 종교에 의해 세뇌된 광신도와 비슷한 면모를 보인다.

그러한 스파이들을 아프가니스탄에서 많이 보았기에 수호는 혹시 모를 사태를 대비하기 위해 오늘 그녀들을 만나러 가는 중이다.

어떤 핑계를 만들어서라도 플라워즈 멤버들을 그들의 손이 미치지 못하는 곳으로 보내기 위해서다.

자신이 모든 일을 마무리할 시간이 필요하기에 그런 것이다.

따르릉!

약속 장소로 가기 위해 걷는데 전화벨이 울렸다.

"여보세요."

핸드폰 액정에 전화를 건 사람의 이름이 보였다.

전화를 건 사람은 플라워즈의 매니저인 김찬성이었다.

"네, 네. 알겠습니다. 촬영이 늦어진 것 때문인데, 늦을 수도 있죠."

드라마 촬영을 하는 혜윤이 늦어져 플라워즈 멤버들이 약속 장소까지 오는 게 조금 늦어질 것 같다는 전화였다.

"급할 것 없으니 천천히 오셔도 됩니다. 안전 운전하십시오."

서두르지 말고 안전 운전하며 오라고 이야기하였다.

간혹 연예인들의 스케줄 때문에 매니저들이 교통 신호를 무시하고 과속하는 경우가 종종 있었다.

요즘은 시대가 바뀌어 그런 일이 많이 줄었지만, 몇 년 전만 해도 연예 기획사는 연예인과 맺은 계약 기간 내에 자신이 투자한 돈과 이득을 위해 무리한 스케줄을 감행하였다.

특히나 아이돌 그룹의 경우 하루 24시간 중 20시간을 공연과 이동으로 보내는 일도 허다했다.

시간이 지나면서 부작용이 곳곳에서 드러나 그러한 관행은 점차 지양하는 방향으로 흘러가 요즘은 그렇지 않지만, 몇몇 기획사는 아직도 소속 연예인을 돈벌이 수단으로 보고, 그런 일을 벌이기도 하였기에 수호는 안전 운전을 하라는 이야기를 했던 것이다.

"그럼, 전 먼저 가서 기다리고 있겠습니다."

통화를 마치고 수호는 공용 주차장을 나와 약속 장소

로 향했다.

약속 장소인 압구정은 땅값이 비싸고 인구 밀도가 높다 보니 주차장을 겸비한 건물이 그리 많지 않았다.

수호가 약속을 잡은 장소도 그런 주차장이 있지 않은 곳이라 공용 주차장에 우라노스를 주차하고 걸어가는 것이다.

그렇게 약속 장소를 향해 걸어가는 수호는 거리를 걸으면서 주변을 살폈다.

참으로 오랜만에 압구정에 나오는 것이다.

예전에는 무척이나 자주 이곳을 돌아다녔다.

하지만 군에 입대를 한 뒤로 압구정에 나와 볼 일이 없었다.

그러다 몇 주 전 플라워즈 멤버들과 저녁을 먹기 위해 왔었다.

그때는 다른 것에 신경을 집중하다 보니 압구정의 모습을 제대로 감상하지 못했다.

그런데 플라워즈 멤버들이 조금 늦는다는 소식에 조금 천천히 걸으며 주변을 살펴볼 여유가 생겼다.

"하, 압구정도 많이 바뀌었네."

그가 압구정을 돌아다닐 때에는 지금으로부터 거의 10년도 넘는 오래 전의 일이었다.

한창 방황하고 있을 때, 그는 불량한 친구들과 어울

려 다녔다.

신촌과 압구정 등 놀 만한 시설이 있는 곳은 많이 찾아다녔었다.

하지만 그것도 군에 입대하면서 정신을 차린 뒤로 새로운 목표가 생겼기에 더 이상 찾지 않았다.

휴가를 나왔을 때도 마찬가지다.

굳이 다른 즐길 거리가 있는데, 철부지 시절 흑역사를 되풀이하고 싶지 않아 더욱 멀리했다.

그러던 압구정이 너무도 변했다.

10여 년 전에는 압구정이 강남이긴 했어도 이렇게까지 번화가는 아니었다.

일부 연예 기획사가 강남의 다른 지역보다 땅값이 싼 이곳에 자리하고 있어 나중에 번화가가 될 수 있을지 몰라도, 당시에는 빈 땅도 많은 곳이 바로 압구정이었다.

그런데 10년도 더 지난 오늘 보니, 정말로 몰라볼 정도로 바뀌어 있는 것이 아닌가.

그래서 수호는 너무도 변한 압구정의 모습에 압도되어 주변을 두리번거렸다.

인터넷으로 보는 것과 직접 두 눈으로 보는 것은 너무도 많은 차이를 보여 주었기에 더욱 감탄하며 주변을 두리번거리며 걸었다.

파지직!

그 순간, 수호는 느닷없이 느껴지는 강력한 충격에 온몸이 굳어지며 정신을 잃고 말았다.

〈4권에 계속〉